U0024483

淘寶黃金手

第二輯 卷十 至寶奇能

羅曉 著

目錄

淘寶黃金手　第二輯

第一四六章

代罪羔羊

魏海河此時兩面受夾擊，
為了他的前程以及手中已有的權力，他肯定不會出手。
他是個政客，凡事只會先考慮自己的處境，
從偷聽到他的電話中，周宣便知道，
魏海河已準備拿傅遠山當代罪羔羊了。

傅盈見周宣抓起電話看了一下又放了回去，不禁問道：

「你幹嘛不接電話？」

「我在開車呢，不方便接。」周宣隨口敷衍了一下。

周宣開車技術本來就是一般，又加上她坐在車上，周宣都把車速開得很慢。他這樣說，傅盈自然一點都不奇怪，便一伸手把手機拿了過來，看看螢幕上顯示為「張蕾」，不禁詫道：

「怎麼是張蕾？好久不見她了。」

說著，就按了接聽鍵，讓周宣心裏「咚」地一跳。

傅盈接了電話，「喂」了一聲，然後說道：「是，張蕾嗎？……哦，他在開車，嗯好……什麼……」

周宣見傅盈驚訝地叫了起來，心裏一驚，趕緊踩了剎車，把車停下來，盯著傅盈，心裏有些發虛。

剛剛就是因為心虛，一時也忘了運起異能探聽電話裏的聲音，所以也不知道張蕾到底跟傅盈說了什麼，看傅盈吃驚的樣子，難道是張蕾跟傅盈說了那晚上的事？

看到周宣驚疑不定的樣子，傅盈咬了咬唇，猶豫了一下才對周宣說道：

「周宣，我跟你講，但是你不要急，知道嗎？」

周宣越發擔心，心虛地道：「我……我急什麼，到底是……是什麼事？」

傅盈眉頭皺了起來，然後說道：

「張蕾說，傅大哥被雙規了。」

周宣一怔，問道：「哪個傅大哥？……」隨即又顫了一下，霍地坐直了身子，驚道：

「是……是傅局長？」

傅盈緩緩點了點頭，然後又說道：

「張蕾說，傅大哥今天中午被中紀委的人帶去問話後，就一直沒有回來，聽說被軟禁在市委官方賓館，到底是什麼事，她也不是很清楚，市裡都傳開了，說是傅大哥貪污超過千萬的鉅款……」

「放屁！」周宣當即迸出了粗口，臉紅脖子粗地道：

「什麼過不過千萬的，傅大哥真的缺錢，他會來找我也絕不會搞貪污，我就是給他十億也是小事一樁，他幹嘛要去貪污？肯定是誣陷，絕對是誣陷。」

傅盈趕緊安慰著：「你別急，我們先去打聽一下，看到底是怎麼回事，把事情弄清楚了，再想辦法。不是還有李爺爺和魏爺爺嗎，還有魏書記呢，用不著擔心。我想，出了這麼大的事，他是市委書記，不可能不知道吧？他肯定會想辦法的。」

傅盈這幾句話倒是讓周宣冷靜了一些，的確是，傅遠山現在可以說是魏海河的左膀右

臂，有人要動他，那也得看看魏海河以及魏家的面子吧？

喘了口氣，周宣趕緊發動車子，先是到市局。在門口停了車，然後給張蕾打了個電話，讓她出來。

張蕾接到電話後，急急地就出來了，周宣在窗口低聲說道：「上車。」張蕾當即打開車門上了車。

車子離開市局，在一個偏僻的地方停了下來，然後問張蕾：

「張蕾，到底是怎麼回事？」

張蕾搖搖頭道：「我也不知道是怎麼回事，局裏也沒有人知道，但卻傳出風聲，說是傅局長貪污鉅款，有人認識其中一個帶走傅局長的人，說是中紀委的，而傅局長走後就一直沒回來，有消息靈通的人說，傅局長是給軟禁在市委賓館裏，據說是雙規了。」

周宣又怒又急地道：「不可能，他絕不可能會貪污。」

不過怒歸怒，發怒也不能解決問題，周宣立即又開車上路，張蕾和傅盈都不知道他要到哪裡去，但見他臉色陰沉，黑著臉很可怕，也不敢再問他。

十幾分鐘後，周宣把車停了下來，張蕾從車窗中看出去，見這裏是市委大院門口，武警站在門口的執勤位置上站崗。

周宣下了車，然後到警衛室處說是魏書記的朋友，要找魏書記。

尋常人說這話，警衛自然是不會理會，不過，其中一個警衛認識周宣，那次周宣和傅遠山一起到市委來，而後周宣中途出去過，是魏書記的秘書來接他的，時間過去並不久，所以記憶猶新。

警衛見說話的是周宣，便恭敬地請周宣稍等片刻，接著打電話到市委書記秘書處，說是有魏書記的朋友要找魏書記。

周宣在旁邊看著，然後見到那警衛捂著話筒朝他問道：

「先生，您的名字？」

「周宣。」

周宣把名字說出來，那警衛便接著道：「張秘書，是周宣周先生。」

周宣情急，運起異能探聽著，電話裏是張秘書的聲音：

「等一下。」然後又是很小的聲音，似乎張秘書是捂著話筒說著悄悄話，那警衛聽不到，但卻瞞不過周宣，聲音很細小，但他也聽得到是魏海河的聲音：

「周宣嗎？……就說我不在，到國務處開會去了。」

周宣心中一顫，魏海河怎麼會用這種語氣說話？

那警衛把電話放下，然後說道：「周先生，張秘書說，魏書記到國務處開會了，不在市

委，不好意思，您請回吧。」

周宣呼呼喘了兩口氣，魏海河避而不見，這就說明，傅遠山的事不簡單了。但周宣說什麼都不相信傅遠山會貪污。但問題是，現在見不到傅遠山，見不到人就無法弄明白。不過，周宣相信，魏海河肯定知道內情，但魏海河現在為什麼不願見他呢？

周宣與魏海河沒有什麼特別深的交情，自己與他有些默契，那也只是因為與魏海洪和老爺子的關係，他不見自己的話，一時也沒有辦法。

周宣想了想，又回身上車，然後對傅盈說道：

「盈盈，你先回家去，我到老爺子那兒走一趟。張蕾，能麻煩你送一下盈盈回家嗎？」

傅盈搶著道：「沒事，我搭計程車自己回去就行了，這兒離家又不遠，不用張蕾送我。」

「沒關係，我送盈盈姐姐回去，市局現在亂著呢，我這會兒上不上班也沒有關係。」張蕾趕緊下車，然後到前邊拉開車門，扶著傅盈下車。

傅盈見張蕾一定要送她，知道周宣不放心，便點了點頭，然後又勸道：

「周宣，你別急，車到山前必有路，我也相信傅大哥不會做那樣的事。不是說了身正不怕影子斜嗎，你放心吧，去找老爺子，肯定能解決的。」

周宣向她揮揮手，然後開著車往西城急馳。

到魏海洪的別墅處時，門口的警衛一見是周宣，立即迎了過來。

周宣把車一停，就急急往裏走，一邊走一邊問警衛：「老爺子在嗎？洪哥在嗎？」

「在在，在客廳裏喝茶聊天，李老爺子也在。」那警衛笑呵呵地說著。

周宣一進門，便見到大客廳裏面的沙發上坐著老李和老爺子。

老李最近因爲李爲結婚後，家裏多了周瑩這個孫媳婦，也多了些歡樂活力，今天高興，周瑩和李爲上班後，便讓警衛開車送他到魏老爺子這邊來，沒想到周宣這會兒也來了，笑笑著便招呼他。

見魏海洪坐在對面倒著茶水，趕緊幾個大步走了過去。

老李和老爺子一見是周宣，便招手道：

「小周來了？來來來，快過來坐。」

魏海洪見到周宣，當即起身拍拍他的肩膀，說道：「你來了也好，坐下喝喝茶，好久沒跟你聊聊了。」

周宣喘著粗氣，只是盯著老爺子。

魏海洪和老爺子發現周宣有些不正常，老爺子當即問道：

「周宣，你有什麼事嗎？我看你臉色不太好。」

周宣眼睛紅紅的，努力鎮定了一下心情，然後才對老爺子說道：

「老爺子，我從來沒求您辦過什麼事，今天，我要求您幫幫我了。」

周宣這話，讓老爺子三個人都大吃一驚，他們對周宣的個性是最熟悉的，周宣還真是從來沒有求過他們，現在這個話及這個表情，都讓他們驚訝不已，究竟是出了什麼事？又有什麼事能讓周宣這樣驚慌失措？

老爺子臉色一沉，站起身說道：「你別急，有什麼事慢慢說。」

周宣這才說道：「老爺子，傅遠山傅大哥今天中午被紀委的人帶走了，說是貪污千萬鉅款被雙規了，現在人被軟禁在市委賓館裏。我剛剛到市委想找魏書記幫幫忙，就算是見個面，問清楚事情也好，但……但是魏書記推託說到國務處開會，拒絕見我，老爺子……我求您幫幫這個忙，我絕對不相信傅大哥會做出貪污的事來，要錢，多少我這裏都有，他根本就用不著幹那樣的事。」

老爺子這才明白周宣是因為這件事，又聽到他說到市委找過魏海河，但魏海河拒而不見，也不知周宣是怎麼知道魏海河說謊話的。不過，老爺子倒不懷疑，周宣絕對有那樣的能力。但兒子不見周宣，讓老爺子心裏一沉，頓時覺有不好的事情要發生了。

老爺子當即讓魏海洪把桌上的電話給他，然後直接給魏海河打電話。

老爺子的電話，魏海河就不敢不接了。周宣趕緊運起異能探聽著。

「老二，你跟我說，傅遠山到底是怎麼回事？」老爺子沉聲問道。

對魏海河不見周宣的事，他尤其生氣，他花了多少心血才跟周宣建立起這種親密的關係，但二兒子這種行爲，卻是把這種關係立即劃出了一道裂痕來。

「爸，您聽我說……」魏海河沉吟著說道，「這件事是這樣的，周宣有一次在夜總會與幾個富人賭鬥，贏了六百萬現金和一輛瑪莎拉蒂。這次事件的幕後老闆，是老張的孫子。當時他讓人把六百萬的支票和車送到了市公安局，讓傅遠山轉交給周宣。事情就出在這兒，這是老張設下的陷阱，其目的是我啊。

如果，這件事只是周宣個人的事，他是一個生意人，充其量不過是賭博而已，沒什麼大事。但他們通過周宣，把事情扯到傅遠山身上，就麻煩了。

他們明知道傅遠山與我們走得很近。傅遠山收了六百萬和瑪莎拉蒂，價值超過千萬，周宣沒有要這個錢，而是轉送給傅遠山，讓傅遠山拿這筆錢給局裏添置設備。

雖然他沒有貪污，但關鍵是，這樣處理這筆錢是違規的，而且，過程沒有任何記錄說明，現在，老張就是抓住了這一點想搞倒我，所以，爸……這件事，必定要有一個人頂替，爸，你要明白我的處境。」

老爺子陡然間臉色脹紅，漸而轉紫，兩眼瞪得大大的，雙手也顫抖著。

魏海洪見到老爺子這個樣子，嚇了一跳，趕緊上前扶著老爺子問道：

「爸，你怎麼了？」

老爺子臉色又由紫轉白，張口便是一大口鮮血噴灑在魏海洪臉上，接著就仰天摔倒了。

這一下，就連周宣和老李都嚇到了。

周宣一個箭步竄上前，與魏海洪一起將老爺子扶住，老爺子瞪大雙眼，手指著周宣直是發抖，嘴唇顫動，但就是說不出話來。

周宣趕緊運起異能探測著老爺子的身體，只是這一測，不由得手腳都是冰涼一片，呆怔得說不出話來。

老爺子心脈氣息已絕，無論他怎麼用異能改善刺激，此刻都沒有任何效用了。之前，其實周宣已經測到了老爺子天年將近，大限即將到來，但心裏卻不願去想，此刻突然真的發生，心裏頓時有承受不住的痛苦。

只是老爺子心脈雖絕，但嘴裏一口氣息卻尚未斷絕，眼睛只是盯著周宣，嘴唇嚅動著卻說不出話來。

周宣趕緊伸手握著老爺子的手，把臉湊到近前，老爺子咧著嘴，又是一口鮮血噴出，把周宣弄得一臉都是。

就在老爺子噴出這口血時，周宣的異能已經探測到，老爺子氣息盡了，一句話都未能說出來便魂魄歸天。一代功臣，就此去了。

魏海洪幾乎嚇傻了，托著老爺子的身體躺下來，嘴裏只是叫道：

「兄弟，趕緊救救老爺子……趕緊……」

但周宣沒有回答他，眼中卻是流下淚來。

周宣都不能出手相救，連周宣都沒有辦法？魏海洪一顆心如墮無底深淵，渾身顫抖，好半天才伸出手探了探老爺子的鼻息。

周宣嗚咽著道：「洪哥，老爺子……老爺子……他老人家已經去了……」

魏海洪呆了一下，隨即便伏在老爺子身上呼天搶地大哭起來。

老李也失了常態，探了探老爺子的鼻息，又試了試心跳，確定老爺子已經仙逝無疑，一時間老淚縱橫，昔日的老上級、老戰友，生死相依的兄弟，卻終是先他而去了。

魏海洪已經失去理智，抓著周宣的手直道：

「兄弟，你怎麼不把我爸給救回來？你怎麼不救……你怎麼不救……」

說到後面時，聲音漸漸小去，畢竟他知道，周宣根本就不用他吩咐，如果能救老爺子，就會全力出手，看他這個悲傷的樣子，也是不希望老爺子去的，肯定是他也救不了。說到底，他也不是神仙，即便是神仙，也是有回天無力的時候啊。

外面的警衛們聽到哭叫聲，趕緊湧進來，尤其是老爺子的警衛員，用手搭在老爺子的頸部動脈上探了探，臉色頓時蒼白起來。

大廳中一時大亂起來，魏海洪已經沒辦法自持，由他的保鏢阿德替他給魏家人一一打電話通報，最重要的是打給魏海河、魏海峰兩兄弟，老爺子身分特殊，他們還需要向上層報告。

這時候，眾人都各自忙亂起來。

老爺子的遺體已經給保鏢們抬到床上安置起來，等待命令下來，周宣哀慟地一個人坐在沙發上發著呆。

老爺子忽然就這麼去了，毫無疑問，肯定與他說到傅遠山的事有關聯。雖然周宣也知道老爺子的元壽將近，但外人可不會這麼想，或許會認爲這是他造成的。而且，老爺子這一走，傅遠山的事也更讓他有種無力感，或許，魏海河與他會就此交惡了。

此刻，就是老李也忘記了周宣的存在，只是爲老爺子的後事而忙碌著。周宣待了片刻，起身獨自回家了。

這時，周宣忽然間覺得，京城也不是他的家，這裡只是爲了朋友而暫留的一個棲身處，如果可以，他真想回老家去，過著無憂無慮的生活。

城市裏的這種爾虞我詐的日子，讓他過得很不開心，以前是爲了賺錢，但現在他早已經脫離賺錢的階段了，也就可以有更多的選擇。

可是，要不把傅遠山救出來，周宣又怎麼甘心？

但現在老爺子已經去了，還有誰可以替他撐起這個事？老李？但老李是軍方的老將，兒子李雷也是屬於軍方，軍政向來互不干涉，小事還好辦，像傅遠山這種事，只怕他也很難插手。

而魏海河此時兩面受夾擊，爲了他的前程以及手中已有的權力，他肯定不會出手。他是個政客，凡事不能兩全其美時，必定只會先考慮自己的處境，從偷聽到他的電話中，周宣便知道，魏海河已準備拿傅遠山當代罪羔羊了。

因爲魏海河明白，傅遠山最終是不會有問題的，因爲傅遠山並沒有把這筆錢放入自己口袋，挪爲己用，而是替市局添置高科技設備，所做一切都是爲了市局，所以不可能被問罪下獄。只是魏海河的對手來頭太大，便抓住了這一點，要把傅遠山拿下。

傅遠山是魏海河手中最重要的一個棋子，這件事的目的，只是爲了把傅遠山搞垮，要想傷到魏海河，終究不是那麼容易的，但只要把傅遠山的位置除掉，那也就算勝利了。

要想保住傅遠山，只有一條路，就是魏海河出面承擔這件事。但那樣做的話，魏海河肯定就會受到影響，至少在仕途中會受到很大影響。

魏海河會那麼做嗎？答案絕對是否定的。

回到家裏，傅盈正在等他，一見到就問道：

「周宣，事情怎麼樣了？老爺子是什麼意思？」

周宣眉眼都抬不起來，有氣無力地道：「盈盈，我好累，我先去睡一下再說。」所以周宣的個性，如果不把傅遠山的事情解決，他又怎麼能安心？所以，傅盈一下子緊張起來。周宣的表情太怪異了。

家裏其他人都還不知道這件事，傅盈也沒有跟家裏人說起，感覺到周宣不對勁，當即說道：「那你休息一下吧。」

周宣渾渾噩噩回到房間裏，脫掉鞋便躺到床上了。傅盈擔心地問道：

「周宣，你怎麼了？傅大哥的事不好解決嗎？」

周宣搖搖頭，嘀咕了一聲：「老爺子沒了。」說完就捂被埋住了臉。

傅盈先是一怔，沒搞明白「老爺子沒了」這句話的意思，隨即就驚悟起來，問道：

「老爺子……去了嗎？」

周宣不答話，只是抽動身子，這個動作，讓傅盈一下子就明白了，心裏也是茫然起來。

為了傅遠山的事，老爺子也有解決不了的時候，那就只能聽天由命了。在某些時候，金錢並不是萬能的，錢再多，周宣都捨得拿出來，但現在人家要的不是錢，而是要把傅遠山徹底拔除，要讓魏海河斷掉得力臂膀。

傅盈茫然之際，也無他法可想，又痛又憐，伸手輕輕撫摸著周宣的頭。在傅盈輕柔的愛意中，周宣漸漸入了夢鄉。

只有在傅盈面前，周宣才會感到輕鬆，沒有壓力。但壓力總歸是壓力，睡夢中，周宣夢到傅遠山手腳鐐銬的出現在他面前，一驚之下醒了過來，大聲叫道：

「傅大哥，傅大哥……」

不見傅遠山蹤影，只有傅盈摟著他安慰著：「周宣，別擔心，明天我們再去找找人，花多少錢都沒關係。」

周宣這才發現，四下裏一片漆黑，窗外只有一丁點星光，看來已經是深夜了。

他忽然間覺得孤立無助，黑暗中摟著傅盈嗚嗚哭泣起來。

傅盈嚇得只是顫抖，周宣從來沒有在她面前表露出這種軟弱的樣子，即使是在生命最危險的時候，也不曾這樣過。可是現在，她卻感受到自己最愛的這個男人竟然是那麼的孤立無助。

傅盈把臉蛋貼在周宣臉上，輕輕說道：

「周宣，別想那麼多，這個世界原就是有很多不如意的事，強求不來的。我們把傅大哥的事解決了之後，回鄉下住好不好?要是你不願意，那我們到紐約也可以。只要你想，就是到天涯海角，我也願意。」

過了一陣子，周宣情緒才慢慢平復，安靜良久說道：「盈盈，我好累，我真的好累。」

「那就什麼都不要想，好好睡一覺吧，乖，睡覺。」傅盈像哄小孩子一般哄著周宣，一會兒，周宣緩緩沉睡過去。

這一夜，周宣反反覆覆從惡夢中驚醒過來，又在傅盈的溫柔安撫中睡去，一直就這麼折騰著。傅盈感覺到周宣的無奈和無力，一夜都在痛心。

第二天，周宣居然發起高燒，說起胡話來，這可真把傅盈嚇壞了，更把家裏人都嚇到了。請了醫生到家裏診治，檢查後，說是太累的緣故，需要休息和調養。

周宣這場病，一連病了好幾天，直到第五天才算清醒過來，隨即又想到傅遠山的事，當即問傅盈：「盈盈，傅大哥呢？怎麼樣了？」

傅盈這幾天雖然一直在服侍周宣，但周宣是爲了什麼病倒的，她很清楚，所以早託了李爲去打聽打點。

有老李和李雷出面，傅遠山的事已經解決了，雙方妥協的結果是，傅遠山雖然是爲公務，但知法犯法，嚴重影響警方聲譽，經紀委會決定，免除其市委政法代書記及公安局局長職務，將行政級別降爲副局級，並等候調離通知。

周宣並不是體制中人，對於這種罰責並不是十分瞭解真正後果。但作爲一個官場中的高層官員，一旦遇到這種處罰，幾乎就可以說是政治前途報廢，再沒有翻身的可能了。而傅遠山作爲副部級官員，一降到底，變成了副局級，而且是個閒職，到哪裡都不可能再掌權主事了。

聽到傅盈和李爲的話，周宣呆了半晌，然後問李爲：

「李爲，傅大哥現在人呢？」

李爲嘆了口氣道：「聽說是告病請假，帶了家人回老家了。」

周宣呆怔怔地不知道如何是好。傅遠山落到這個結局，可以說，起也是他，落也是他，如果不是他把那筆贏到的錢硬塞給傅遠山的話，他又何嘗會吃這個虧？

李爲又說道：「小叔爲了這件事，也跟二叔大吵了一場，兩人便不歡而散。」

周宣知道，這事已經回天乏術，沒有挽回的餘地了。

魏海河是個做官的人，他所考慮的，就只會以自己的地位爲重，這也沒有什麼好說的，只是連老爺子的後事他都沒參加，就有點不可思議了。不過，老爺子一向偏袒自己的兒子，如果他地下有靈的話，應該也不會怪他的。

而傅遠山肯定是不想讓自己爲難，所以連見都不肯見他一面，就舉家遷回老家了。傅遠山還是把他當成了親兄弟，只有真有兄弟感情的人，才會任何事都替對方著想，而不是處處以自己爲中心。

在這件事上，魏家，也可以說是魏海河沒有出手救下傅遠山，因此，魏海洪甚至覺得無顏再見周宣。爲此，魏海洪跟他二哥大吵一架，但沒有絲毫作用，傅遠山最終還是免職降級

察看，這個結果。魏海洪便知道魏家人跟周宣的緣分也盡了。

這一次的高層角力，幾乎又是三分天下的局面，他掌控城裏七八成大權的局面瞬間改變，魏海河最後還是輸了。

第一四七章

人生得意須盡歡

人生得意須盡歡，

周宣從來就沒有想要做世界首富，一定要多麼多麼有錢。

錢，夠用就好，而現在，他的財富早已經超出想像。

即使這些錢用完，周宣也有絕對把握隨時可再賺到，

所以他從不擔心錢的問題。

周宣沉著臉，下午一個人溜出去逛街散心，到晚上天黑後才回來。

傅盈沒跟著他，正擔心著，直到見周宣回來後才放了心。

周宣坐到客廳的沙發上，這時，一家人倒是聚全了，包括周濤和李麗，李爲和周瑩都在。

吃過晚飯後，周宣便說道：

「爸，媽，我想把公司全權交給周濤和李爲他們四個人管理，城裏有李爲在，我也不擔心，等盈盈生完孩子後，我們就回老家去住好不好？或者，爸媽你們願不願意到國外定居？」

周蒼松和金秀梅都是呆了呆，金秀梅馬上便問道：

「兒子，有什麼事嗎？好好的，怎麼忽然說起什麼國內國外，又是鄉下的？」

李爲等人亦很吃驚，尤其是李爲，立刻擠上前坐在周宣身邊，說道：

「大哥，你怎麼能走呢？你走了，我跟小瑩怎麼辦？」

周宣苦笑了笑，道：「你這話說得好笑，堂堂李家人，怎麼能跟我說這種話？小瑩跟你在一起，我也很放心，周濤又是個老實人，公司有你們看著，我覺得沒有半點問題，所以我想帶父母回鄉下，或者是遊歷天下，開心過日子。我不想再做任何事，錢也賺得夠了，我覺得在大城市裏過得好煩，都是人防人的，不像鄉下人純樸。」

想了想，周宣又問周蒼松和金秀梅：「爸媽，你們有什麼想法？」

周蒼松毫不猶豫地回答道：

「兒子，你想回去我們就回去，錢這個東西，我也覺得賺得超過了自己需要用的，那就沒有什麼意義了。人嘛，誰都是要死的，我跟你媽都是入土大半截的人了，除了想看到你們三兄妹都成了家，生了孩子，其他的，爸媽一點都不想，錢再多，也買不到健康和生命。」

老爸讀的書極少，跟老媽都只有小學程度，周宣卻沒想到，老爸竟然也能說出這番道理來，看來父母對他的意思並不反對，親人，始終是親人啊。

周濤悶悶地說道：「哥，如果你要回去，我跟李麗也回去，你跟爸媽在哪兒，我們就在哪兒。」

「胡說！」周宣嘆氣，搖了搖頭說道：「弟弟，你要走，那李麗的爸媽呢？聽哥的話，人一生中，各自有各自的造化。哥有很多事你都不明白，我只想告訴你，你有你自己的路要走，好好珍惜眼前。你又沒有做官，公司又有李為頂著，出不了問題，好好地把公司做好。每一年，哥哥會到南方給你們採購一批玉石毛料回來。」

從這番話聽來，在場的人幾乎都明白，周宣是真的下定決心要離開這個地方了，凡事早已做了安排。

其實，早在一年前，他讓弟妹入主公司便有前兆。後來李麗和李為加入後，他更是放手

了絕大部分管理權，到後來，更是連店面公司都難得出現一下了，公司基本上處於有他無他都一樣的地步，所以周宣即使要走，對公司也沒有半分影響。

一家人都有些傷感。

不過，周宣也說了，會等傅盈生完孩子再走，所以大家都儘量不提及這件事，希望周宣能自己忘記最好。

再一個月後，就進入九月了，白天的太陽還是很猛，溫度也不低，但晚上的溫度就一下子低下來了，溫差很大，白天可以達到三十多度，但晚上又能降到十度左右。

在這段時間中，周宣哪裡都沒去，就在家陪著傅盈，用異能觀察著自己的女兒，心急著，這小傢伙怎麼就還不出來見爸爸呢？

周宣從沒見過女人快生小孩的情景，當初魏曉雨生小思周時，自己並不在她身旁，自然一無所知。

小思周有半歲多了，身子很有力，坐在起步車裏滿屋子跑來跑去的，逗得金秀梅直是笑。

傅盈正挺著大肚子彎腰準備抱一下小思周時，忽然「哎喲」一聲叫了起來，周宣抬頭問道：「盈盈，怎麼了？」

傅盈皺著眉頭道：「我肚子有點痛，可又不是很痛。」

金秀梅怔了怔，然後急急地問道：「盈盈，是不是快生了？」

傅盈茫然道：「我……我也不知道啊，這……」

周宣心急起來，趕緊探測了一下，發現確實有些不對勁，雖然沒有經驗，但腹中胎兒下墮了許多，當即說道：「媽，我們……我們趕緊送盈盈到醫院去。」

一家人手忙腳亂的到了醫院。醫生檢查說還得等一陣子，讓他們在產房等候。

不到一個小時，周瑩和李麗也一起急急趕到。她們兩個也是大姑娘上轎頭一遭，只能跟著乾著急。

到晚上十二點過後，傅盈才算是真正開始陣痛，到產房後，醫生便關上了門，把周宣等四人都關在了門外。周宣探測著裏面的情況，說是要開刀剖腹產。

很快，周宣便看到女兒被醫生開刀取了出來，醫生割斷臍帶一拍，小孩子便哇哇大哭起來。

周宣臉上儘是激動興奮的表情，金秀梅和周瑩、李麗也都興奮地歡呼了起來，「生了，生了……」

金秀梅趕緊對周宣說道：「兒子，你到外面餐廳給盈盈買點吃的東西，生完孩子後會很餓，不能把她餓壞了，以後會有毛病的。」

周宣傻乎乎應了一聲，趕緊往外邊跑。

乘了電梯，好一陣子才想到還沒有按樓層鍵，伸手過去的時候，一隻纖纖細手在他前邊按了一下「一」。

周宣抬頭看了看，這一瞧卻是怔了一下，按鍵的人竟然是魏曉晴。

周宣看著消瘦蒼白的魏曉晴，那眉眼間的憂愁，甚至有些錯覺：她是不是魏曉雨？

「你在醫院幹什麼？看……看病嗎？」周宣詫異地問道。魏曉晴的氣色並差，病快快的。

「我不是來看病，我也沒病，不過，你要認爲我有病也行。」魏曉晴幽幽道，「我來……，我說實話吧，我是到你家去，見到你們急急出來，所以又跟蹤過來的。」

周宣又是一驚，她到家裏去，又要幹什麼？

「你不用害怕，再說，我有那麼可怕嗎？」

魏曉晴說著，眼圈就紅了，魂牽夢繞的這個男人，見面時卻沒有任何情話可說。

「我只是想看看我姐姐的兒子，小思周。」

「你……怎麼知道的？」周宣呆了呆，本來是要永遠瞞住這個秘密的，而知情的老爺子和魏海洪兩個人肯定是不會說的，老爺子如今又不在了，魏海洪……

一想到這裏，周宣又不敢肯定了，魏海洪雖然是個有信有義的人，也是他絕對信得過的人，但魏海洪如果把這事跟魏曉晴說了，也算不上就是有罪了。

可以說，魏曉雨跟魏曉晴兩姐妹都讓周宣覺得很可憐，也覺得很對不起她們。

魏海洪跟她們姐妹又是親叔侄，想想，換了他自己，別說其他了，如果把人換成妹妹周瑩，如果周瑩遇到這種事，周宣不知道會不會把她的情人打成殘廢，所以，就算魏海洪對魏曉晴說出了這個秘密，那也很正常。

「我姐姐的事，我有什麼不知道？我一直都知道，只是心痛，故意裝作不知道而已。」魏曉晴嘆了口氣，然後又幽幽說著，「我姐姐太可憐了，周宣，我想……把小思周帶著，直到他長大……」

周宣嚇了一跳，馬上拒絕道：「不行不行，這絕對不行。」

魏曉晴又嘆息了一聲。

一樓到了，魏曉晴同周宣一起出了電梯，出了醫院大門，魏曉晴才又問道：

「你要給盈盈買什麼吃的？」

「這你都知道？」周宣又詫異地問道，隨即想到，魏曉晴既然是跟蹤來的，那肯定偷聽到了，當時自己的心思全在傅盈身上，對別的事根本就沒注意。

魏曉晴指指前面的一間小吃店說道：「就那兒吧，我媽說，生完孩子的人要吃得輕淡些，不能吃太刺激的東西。」

周宣直接照辦，在小吃店裏買了一碗雲吞。

魏曉晴眉間儘是愁緒，當初從美國回來的時候，與周宣初遇，那時候是多麼的開心啊，怎麼也不會想到有一天會是現在這種情形，最疼愛自己的爺爺也沒了，小叔跟二叔吵架，父母又只知道說教，冷酷無情。

一想到爺爺，魏曉晴眼圈一紅，眼淚終於忍不住流了出來。

周宣見旁邊有不少人在看著他們，而且全都是男人，想來看到這麼漂亮的一個女孩子被他弄哭了，男子英雄氣概便氾濫成災了。

周宣立即把紙巾遞到魏曉晴面前，趕緊勸道：「擦擦眼淚，別哭了。」

說話間，那老闆娘已把雲吞煮好了。

魏曉晴跟著周宣回醫院，周宣就有些擔心，想想便道：

「曉晴，你……還是回去吧，你跟著去醫院不大好吧？」

魏曉晴眼圈又紅了，不過強行把眼淚忍住了沒流出來，只是說道：

「你就那麼討厭我？就算是個普通朋友來看看你們，也沒什麼，現在你連去都不讓我去了？」

周宣尷尬起來，訕訕地道：「問題是我們不是普通……普通朋友……，我不想傷害你，也不想傷害盈盈。」

「你已經傷害我了，你難道不知道嗎？」魏曉晴越發憂傷起來，「你說吧，你不想傷害傅盈，我承認，但你說不想傷害我，這能說得過去嗎？你現在明明已經讓我狠狠受了重傷，還說不想傷害我？」

眼看就要到醫院了，再上去，就真的只有大家面對面，這是周宣不願意見到的。

「那……你真不想讓我去的話，我就去你家裏看小思周了。」魏曉晴話鋒一轉，當即又說出了另外的意思。

周宣一怔，原來上了魏曉晴的圈套了。

沉吟了一陣，周宣才問道：「曉晴，爲了小思周的成長，我不想讓任何人告訴他真實身世，我是他爸爸，盈盈就是他媽，我只想把孩子好好撫養長大，不想讓他知道內情，所以，我準備把戶口遷回老家，這樣就沒有人知道內情了。」

周宣之所以跟魏曉晴全盤托出，就是想讓魏曉晴明白，他和傅盈都會對小思周好，會讓他開心幸福的成長，如果魏曉晴要強行見他，反而對小思周不好。

魏曉晴臉色一下子陰沉下來，惱道：「我知道你們會對小思周好，我也沒說別的，要是不相信你們，我還會在這裏跟你偷偷說嗎？我早把小思周接走了。」

周宣一時沉默起來，魏曉晴心性善良，這他是知道的，也絕對相信她，小思周這麼小便沒有了親生母親，她作爲小思周的親阿姨，關心和愛護也是人之常情。

俗話說，親情是割不斷的，他又怎麼能夠讓魏曉晴不見小思周呢？再說，小思周現在還一歲都不到，即使魏曉晴跟他見了面，再怎麼疼愛，再怎麼說話，小思周也不可能會知道，不可能會明白。

「這個……」周宣停下步子，皺了皺眉頭，沉吟了好一陣，然後才對魏曉晴說道：「曉晴，你過去吧，小思周在家裏，這時候只有劉嫂在家，不過……」

遲疑了一下，周宣又才不好意思地說道：「你只有半個小時的時間。」

家裏並沒有把小思周的身分來歷告訴劉嫂，所以劉嫂也不知道小思周到底是誰生的，只知道是周宣的親生兒子。只是心裏有些好奇，傅盈怎麼也不吵，而且對小思周好得很，就像她自己親生的一樣。

周宣總算把魏曉晴的事給解決了，希望她看了小思周就趕緊離開吧，等一下要是家裏人回去看到，又不知會出什麼狀況。

周宣提了給傅盈煮的小吃，心事重重地回到病房裏。

傅盈此刻已經被送回病床上了，只是小孩子還在保溫箱中，只能在玻璃窗上遠遠地看一下。

周宣把小吃放到桌子上，坐在床邊看著傅盈一臉的蒼白虛弱，額上幾縷髮絲被汗水浸濕了，尤顯憔悴。周宣心痛地握著傅盈的手，輕輕叫了一聲：「盈盈！」

傅盈睜開眼來，虛弱地回答了一下：「別擔心，我很好，……我……孩子呢？」

一邊的周瑩和李麗走進來，周瑩興奮地說道：「哥，嫂子，侄女好漂亮啊，小小的臉蛋，跟嫂子長得好像！」

傅盈一聽到周瑩說女兒漂亮，鬆了一口氣。

一家人又輪番過去看小孩子，周宣看著在保溫箱中的女兒，熟睡的姿態極是可愛，恨不能把她抱在懷中，雖然異能早探測過了，但親眼見到的激動，畢竟還是不同的。

周瑩看了看哥哥，又看了看小侄女，嘻嘻笑道：「哥，你看侄女多像嫂子，幸好，女孩子要漂亮才好！」

周宣嘿嘿笑道：「你的意思是，哥很醜嗎？」

兄妹兩人嘻嘻哈哈地回到病房裏，李麗和金秀梅正在餵傅盈吃東西。

傅盈開刀的地方雖然痛，但到底因爲年輕，躺在床上什麼事都不讓她動，很是不習慣，吃了一點便不吃了，說道：

「媽，我想回家，在醫院很不習慣，還是回家裏比較自在。」

金秀梅說道：「也是，不過要問一下醫生，看看有沒有什麼問題，如果沒什麼別的情況，我們就出院回家吧。」

周宣心中一動，他的異能雖然不能幫傅盈把孩子生下來，但可以幫她恢復傷勢啊。一想到這個，周宣便趕緊運起異能。

異能到處，傅盈手術的傷口處細胞迅速恢復著，比正常恢復的速度至少快了十倍以上。像這樣的手術傷口恢復，至少要一個星期，而子宮內部的傷處更是要兩個月，甚至是三個月才能完全復原。

周宣盡力給傅盈恢復著傷勢，異能進入到傅盈體內時，傅盈有了明顯的感覺。傷口因肌肉重生而讓她覺得又麻又癢，便想伸手去抓。周宣當即抓住了傅盈的手，笑笑示意，傅盈知道，周宣是用異能幫她恢復傷勢了，也就不說什麼，由得周宣給他治療。

周宣又吩咐妹妹周瑩和李麗：「你們去辦一下出院手續，我們馬上出院，回家去。」

周瑩詫道：「哥，醫生還沒有診斷呢，如果要在醫院調養，最好還是不要出院的好，讓嫂子多多調理一下。」

在周瑩的印象中，生完孩子的女人們，通常都得在醫院住上一兩天，有的情況嚴重一點的會住得更久，哥哥說這個話，只怕是不懂得女人生孩子的情況。

「哥，這個可不能由你說了算，要由醫生決定，醫生覺得可以走，我們才能走。」

周宣笑笑擺擺手，對妹妹又道：「那你把醫生找來，讓她檢查檢查，我們再走吧。」

周瑩見哥哥的表情堅決，也就悻悻地去叫醫生了。

過了一會兒，一個四十多歲的女醫生過來給傅盈檢查，一瞧傅盈神采奕奕的表情，不禁就是一怔，生完孩子才一兩個小時，怎麼可能會有這麼好的精神，而且看不出有什麼不舒服的地方。

那醫生當即給傅盈做檢查，問傅盈有沒有那裏不舒服的地方，傅盈俱都是搖著頭回答，什麼事都沒有。又活動著身體，試試這裏，試試那裏，身體好好的，還很有勁。

那醫生不禁納悶，不過，身體好、強健的女子也不是沒有，便說道：「你們一定要出院那也可以，就在家裏調養也可以的。」

當即周瑩和李麗便去辦了出院手續。

當一家人回到宏城廣場後，周宣忽然想起魏曉晴說要去看小思周的，不知道走了沒有，要是還沒走的話，與傅盈來個大碰頭，傅盈可能就會生氣了。

周宣急急地跑到前面去開門，幾個大步跨進客廳，一雙眼四下打量，看看有沒有魏曉晴的身影。客廳裏，只有劉嫂抱著小思周在客廳裏逗弄著，並沒有其他人，周宣一下子鬆了一口氣。

正待向劉嫂詢問，金秀梅已扶著傅盈進來了。

劉嫂一見傅盈回來，心中有些詫異，沒想到傅盈會這麼快就出院了，看到李麗抱著小嬰

兒，當即把小思周放到學步車裏，然後過來扶著傅盈到沙發中坐下來，又過去從李麗手中接過小孩，一邊看一邊嘖嘖的稱讚：

「這孩子，真是出奇的漂亮，跟盈盈小姐一般的漂亮。」

這倒不是說奉承吹捧的話，周宣的女兒確實長得漂亮，讓人一見到就禁不住想抱起來親一口。

小孩子圓睜了雙眼看著劉嫂，沒幾下卻扁了嘴，一下子「哇哇」哭出來。小孩子一哭，頓時把一家人都搞慌了陣腳，手忙腳亂各自找奶粉奶瓶。

當奶嘴一塞進小孩的嘴裏，小孩子就停止了哭聲，大口大口吸著奶，小腮一張一合，很是可愛，喝完奶後也不哭了，不到幾分鐘便又睡著了。

趁著嬰兒熟睡時，周宣又趕緊到社區的超市裡買了奶粉等要用的嬰兒用品，裝了兩大袋子。

回家後，小嬰兒仍在熟睡，放在傅盈身邊的沙發上，睡姿可愛，一雙小手放在耳朵邊上。周宣忍不住低頭親了一口。

周瑩問道：「哥，給小侄女取什麼名字啊？」

周瑩一句話頓時把所有人吸引了過來，各自說了起來，尤其是周瑩，什麼「周花、周香」的說了一大堆，惹得眾人一陣發笑。

金秀梅嗔道：「都結婚了的人，還沒個正經，這小女孩的名字怎麼能取得那麼土？長大後知道是姑姑給取的名，還不惱死你了。」

周瑩笑嘻嘻地道：「土什麼土，現在的人就興鄉土氣息，這叫返璞歸真。」

正討論間，李爲和周濤回來了。

周瑩說道：「李爲，大家都在給小侄女取名字呢，你嘴那麼能說，趕緊給小侄女取個好聽的名字。」

李爲哈哈一笑，說道：「取個名字還不是手到擒來的事，就叫周蓉或者周芸，怎麼樣？」

周宣一聽覺得不滿意，傅盈也直是搖頭。

李爲又道：「那周芷怎麼樣？」

周宣呵呵一笑，嘲道：「那還不如叫周芷若的好。」

傅盈想了想說道：「周宣，就給女兒取名叫『周思思』吧，兒子名字叫思周，女兒就叫思思，聽起來也好像是一個輩分。」

周宣笑道：「好啊，這名字不錯，聽起來有意思。思思，名字又好聽又順口，跟思周也相近，不錯不錯，就叫思思了。」

家裏一下子有了兩個小孩子，更增添了無數的活力，周蒼松沒事也早早回來，又添孫

女，這想孫子的事，算是得到完美解決。

女兒思思出生後，周宣便準備要回老家了，把事情都處理完後，就是啓程的日子。

兩周後，事情大致都安排妥當了。主要是周張古玩店和周氏珠寶的經營法人問題，對這件事，周宣並沒有覺得多爲難，股份並沒有做太大的更動，只是做了書面任命，古玩店和周氏珠寶都有周濤和周瑩的股份，實際上主事的也是他們。

古玩店這邊主事的是張老大，珠寶公司主事的是許俊誠，這都沒什麼好改變的，該怎麼辦就仍舊怎麼辦，周宣只是把重大事情的決定權交給了周濤周瑩、李爲李麗四個人，規定在經營上和經濟上有重大問題時，需要四個人一起贊成通過才可以執行。

把這些事解決了，周宣可以說就沒什麼事了，只是還要與李爲的家人和魏海洪再道個別。

與李爲家人倒是很不捨。老李和李雷父子都不願見周宣離開，仍希望周宣能留下來，但周宣去意甚堅，他們也沒有辦法，在李家默默吃了一頓飯後，便自回了家。

第二天早上，周宣早早便到了魏海洪家裏，跟魏海洪道別。

魏海洪擺了茶，兩人靜靜坐在茶几邊。

魏海洪旁邊的位置是空著的，以前老爺子經常坐的地方少了一個人，當真是睹物思人，魏海洪眼睛紅紅的，雖然老爺子走了大半個月了，但對於老爺子的死，他還是不能釋懷，整個人也瘦了一大圈。

周宣靜待片刻，嘆息了一聲，然後才道：「洪哥，我要回鄉下了。」

「要走了麼……」魏海洪茫然無神地問了聲，然後又沉默了下來，好半天後又才說道，「兄弟，當哥哥的對不起你。這件事，我也沒有任何話說，你要走就走吧，天下原沒有不散的宴席。」

「洪哥，其實你不用那麼自責，我早想通了，世上本就沒有十全十美的事，傅大哥回老家，對他來說，能過過安寧平靜的田園生活，或許也是一件好事。」

魏海洪搖搖頭，拉著周宣的手，忍不住默默落淚。男子漢大丈夫，有淚不輕彈，當真落淚，只有在傷心處。

周宣想了想，又說道：「洪哥，你是我永遠的兄弟，不會因為任何事而改變，無論什麼時候，你都是我的大哥，老爺子是我最敬重的人，可惜我救不回他老人家了。」

魏海洪只是搖頭，赤紅著眼說道：「這不關你的事，老爺子本來年歲已高，有什麼意外都是可能的，我只是不能接受，他是因為我二哥的電話而成了這個樣子。」

周宣又說道：「洪哥，人死不能復生，不要再想那麼多了，我回老家後，就帶著父母妻兒周遊世界，在有生之年，欣賞世界上最美麗的地方，嘗盡天底下最好的美食，到死的那一

天，我才不會後悔來到這個世界上。」

人生得意須盡歡，周宣沒有那麼大的野心，從來就沒有想要做世界首富，一定要多麼多麼錢。錢，夠用就好，而現在，他的財富早已經超出想像。即使這些錢用完，周宣也有絕對把握隨時可再賺到，所以他從不擔心錢的問題。

爸媽那麼大年紀了，勞苦了一輩子，現在不讓父母享享福，那還要等到什麼時候？

魏海洪嘆了一口氣，要不是二哥這件事，他寧願與周宣一起去遊盡天下美景，過逍遙自在的日子，不去想那些爾虞我詐的事情，可是現在，就算周宣不會怪罪他，他也不會原諒自己。

又默然片刻，魏海洪終於說道：

「周宣，我的兄弟，祝你一路順風。」

周宣心裏一痛，沒奈何地嘆了口氣，然後起身與魏海洪握了握手，縱然心痛，這個別，終究還是得告。

如果沒有特殊的情況發生，大概這便是與魏海洪見的最後一面了。

第一四八章
狠角色

周宣當即向江晉說了自己的位置，不到一分鐘，
江晉和他一起來的人手就開著兩輛黑色的轎車過來了。
一到近前，車一停，車上下來了六個人，個個都是身穿便服，
但精幹的表情顯示他們無一不是狠角色。

把弟妹安排妥當，周宣想的便是等父母回老家後，讓他們習慣一陣子，然後再帶他們出國到處旅遊，了一了自己的心願。再過幾年，等女兒兒子長大了要上學的時候，再看要不要到紐約去生活。

周宣也覺得自己應該爲傅盈和孩子做點貢獻了。傅盈爲了他，不惜拋棄了一切，連最愛的親人都放下了，跟他來到這裏，說要回老家鄉下，也是堅定不移地跟著他，絲毫不會說不習慣或者不喜歡，只是毫無條件的跟隨。

從這次親眼看到傅盈痛苦地生下小思思後，周宣便覺得，爲了傅盈，他應該去做任何事情。雖然傅盈從沒有說過，但周宣看得出來，傅盈有時也會有思念家人的情緒，自己是不是應該帶她回紐約，跟家人們團聚？

回到家裏，周宣在熱鬧嘻笑的客廳中，感受到了家庭的溫馨和溫暖。

周宣抱了思思，傅盈抱著小思周，兩人坐到沙發上。金秀梅跟周瑩、李麗一起在廚房裏忙。以前，傅盈也會幫忙的，但現在，她還在坐月子中，家裏人當然不會讓她做任何事情。

「盈盈，等你滿月後，我們就回老家，然後……」周宣一邊逗弄著女兒，一邊對傅盈說著。

「好啊，你想去哪兒，我們一家就去哪兒，反正你是家長，你怎麼安排，我們就怎麼做。」傅盈捏了捏小思周的臉蛋，微笑著回答。

周宣又說道：「盈盈，其實我是這樣想的，等回老家後，讓爸媽重溫一下鄉村生活，然後我們就到紐約。我想讓父母和孩子在紐約生活，一來，你可以跟爺爺和父母親生活，讓一家人團聚，一方面又可以讓小思周不受干擾地長大。小思周和思思，再有你，就是我的三個心肝寶貝。你想不想回紐約？」

「啊……」

傅盈頓時怔了起來，又驚又呆，好半天才咬住了嘴唇，一雙眼裏霧意濛濛，淚水在眼裏滾來滾去，良久才抽泣著道：

「周宣，你……真的決定要去紐約定居嗎？」

周宣笑道：「盈盈，我真的累了，在我眼裏，什麼都比不過家人的親情，我最擔心的就是家人。以前我不想到國外，是因爲我放心不下父母弟妹，如今弟妹都已經結婚成家，我又安排好了他們的住所和事業，再去紐約就毫無牽掛了。以後，我們一家人就遊歷天下美景和品遍天下美食，這就是我想帶你一起做的事。」

傅盈離開家人投奔周宣這麼多年，又怎麼不想念家裏人呢？只是周宣以前不喜歡到國外生活，又擔心家人，所以傅盈從來就不提起要回紐約的事，甚至是去探望祖祖、爺爺的話都沒提起過，怕周宣爲難。現在，周宣忽然說要到紐約定居，那是她做夢也想不到的事，如何不激動、不欣喜？

這時，周瑩和李麗端了水果出來，看到傅盈哭得如梨花帶雨一般，吃了一驚。周瑩趕緊問道：「嫂子，你怎麼啦？是我哥欺負你了？」

傅盈擦了擦眼淚，然後又破涕爲笑，低頭在小思周臉上親了一口，然後說道：「沒有，你哥怎麼會欺負我呢，我是高興，高興得哭的。」

李麗也忍不住笑道：「嫂子，那你這個高興可真厲害，高興都能哭……嘿嘿嘿，不過，大哥不會欺負嫂子這倒是真的，大哥對嫂子是愛護都來不及呢，又怎麼會欺負她呢？」

兩人看傅盈的樣子，也確實不像是有委屈，反而滿面喜色，絕不是受了委屈或者在跟周宣鬧彆扭的樣子。

周宣叉了一片水果餵傅盈吃，然後自己也吃了一片，抱著女兒樂呵呵地道：「真好吃，好甜啊！」

傅盈卻知道周宣說「好甜」的真正意思，一家人將真正的享受天倫之樂。

第二天中午，周宣打算出門去採買一些生活用品。到了超市門口，忽然覺得有些不對勁，雖然他沒有回頭，但異能清楚的探測到，後面十來米遠的地方，有兩個陌生的男子在跟蹤他。

進超市的人絡繹不絕，很多人都是無意的視線亂投，但周宣探測到的那兩個人，視線卻是自始至終都沒有離開過他，而且在後面有意閃閃躲躲的。

這讓周宣警覺起來，這兩個人跟蹤他幹什麼？

再探測了一下，這兩個人身上竟然帶有手槍，衣袋裏還有僞造的警察證件。這兩個人原來是冒充員警的！

如果是以前，周宣馬上就會連絡傅遠山，但現在情況完全不同了。警政系統中的人，已不是他想要查就可以查的了。

只是，爲什麼會有「員警」來跟蹤他？

周宣心裏疑惑，一邊在超市裡挑東西，一邊又運起異能探測著。

這兩個「員警」無疑是跟蹤高手，經驗豐富之極，如果不是周宣異能忽然警覺，根本就不可能發現。

周宣想了想，隨便挑了一兩樣嬰兒用品，然後慢慢到收銀處付了錢，走出超市。

爲了不引起那兩個跟蹤的「員警」的注意力，他沒有回頭看一眼，這讓那兩個人以爲周宣沒有發現他們。

周宣提了袋子，裝作悠閒又懶散地在前面走著，順著路邊的商店一間一間地邊看邊走，這時候，後面那兩個人就跟得遠了些，加上路上行人又多，他們跟的距離超過了五十米，所以更難發覺，只是他們也絕對沒想到，周宣竟然早就發現了他們的跟蹤。

周宣一邊走一邊想著，這兩個人到底是爲什麼來跟蹤他？

周宣想了想，決定往偏僻的街道行去。

周宣探測到街道前方轉彎處後是個兩米多寬的老巷子，兩排舊房子，一律是五六層的民房，十分清靜，一個人都沒有。

周宣探測好後，一轉彎便加快了腳步，幾米前有一道門，但是鎖住的，幾個大步竄到那門口，伸手一推，同時運起異能把門裏面的鎖心轉化吞噬掉，所以一推便把門推開了，然後迅速進門把門又關上。

彎道巷子外邊的兩個人也加快了腳步走過來，往巷口一看，兩三百米長的小巷子裏，一個人都沒有，不禁傻了眼，周宣到哪裡去了呢？

看了看，兩邊至少各有三十多棟房子，大門都是緊關著的，周宣是不是進了這些樓房的某棟裏面？

按照道理來講，周宣肯定是進入了其中一棟房子裏面，但是又搞不清楚周宣到底會進入哪一棟，想了想，那兩個人低聲商量了一下：

「你左我右，把這些門都推一下，看看有哪棟房子的門是開著的，然後仔細盯著那棟房子。」

商量好，兩個人便迅速地一左一右的各自去檢查這些大門，左邊的那個人推第一棟房子的門時，周宣便在門後緊緊頂住，他一推，門紋絲不動，也就鬆手走開，迅速地去推第二棟。

這兩個人速度極快，在推到前面第十五棟房子的時候，兩人互相對視了一眼，然後停下了腳步。

他們與周宣相隔只有五十米左右，以他們的速度追上來，是加快了腳步的，如果周宣仍是以正常的速度行走的話，最多只能走三十多米遠，按每棟房子八米寬的距離，也只有四到五棟遠近，而他們現在已經推了十五六棟，差不多有一百二三十米遠了，周宣就是跑，也沒有這麼快的速度。

而且，周宣一直沒有回過頭看過他們，如果一個人連頭都沒回過，又怎麼會知道後面會有人在跟蹤他們？

兩人相視一眼，然後又退回來，周宣在巷子前十棟房子裏面的可能性最大，但是又不可能大張旗鼓地去搜查。

兩個人一邊慢慢往回走，又盯著巷子前後，見到始終沒有一個人出現，當即又低聲地說道：「哎，你說這個人到底發現我們沒有？」

「應該沒有吧，我們又不是今天才出來的新人，都是老手了，如果他發現我們的話，爲什麼連頭都沒有回過一次？要說發現了我們的話，除非他後腦長了眼睛！而且，路上還有那

麼多行人，前面又沒有反光鏡一類的東西，他怎麼可能會發現到我們？」

「可是他沒有發現的話，那到了這個巷子中，怎麼又忽然不見了呢？實在太古怪了吧？」

「要不要彙報給張局長？」

「張局長？」周宣在門後邊詫了起來，這個張局長又是哪尊菩薩？在市局，好像是沒有一個姓張的吧？

「我看還是要彙報一下，張局長可是囑咐過我們，千萬別驚動他，先跟著，看看他有什麼奇怪奇特的地方。」

兩個人當即在一棟房子前停下來，其中一個掏出手機撥打了電話。趁那個人打電話的時候，周宣把電話號碼記了下來，然後探測起他們說話的內容。

「那好，你打電話向張局長彙報，看看張局長是什麼意思……就說那個姓周的有可能是發現了我們的跟蹤，但不能確定，如果被他發現了，問問張局長下一步要怎麼走？」

「張局長，我們在跟蹤的時候，在北大街後面的老巷子裏面跟丟了，這有兩種可能，一是周宣在這裏有朋友，二就是他發現了我們而藏起來了，張局長，現在要怎麼辦？」

「……馬上離開那條巷子，退開來在另一個地點蹲守，在那兒守著，看看周宣會不會從那裏出來，如果出來了又對你們不警覺，那就表示他在那兒有朋友，你們再查查那裏有哪個是他朋友，如果到天黑他都沒有再從那裏出來過，那就表示他發現你們了，這……要再考慮考慮。」

「那好，我們到前邊的咖啡店裏守候，這樣也不會被人懷疑。張局長，我想問一下，這個周宣，我看就是個有錢的普通人吧，這幾天下來，也沒發現有什麼特別的，我真有些想不通，你讓我跟二炮來做這點小事，是不是……嘿嘿，有點大材小用了？」

「真是白白讓人稱呼你們兩個是北城雙傑了，你們兩個可是老江湖了，還說周宣是個普通人？你們兩個看過他的資料嗎？可以肯定，他有很值得懷疑的地方。雖然我們目前還不清楚具體情況，但從種種資料上看，這個人是傅遠山一路飛升的主要原因。

想想，讓一個局級幹部在一年多時間以內竟升到了副部級官職，他的能力就絕對不一般。還有他與魏家，與李家的關係之密切，也都值得我們追查……

還是好好跟蹤著吧，暫時不要驚動他。我再跟黃書記彙報商量一下，因爲上頭的意思是想弄明白周宣的秘密，如果可以的話，把他收爲己用，這是上面最想要的結果。」

「知道了，張局長，放心吧，被他發現的可能性應該很低，我們會繼續任務，做得妥妥當當的。」

「那好，你們要小心一點，傅遠山雖然倒了，但他手下還有一些人馬，我們要徹底坐穩的話，還得把他的心腹全部搞定。而且，黃書記說了，想要徹底把魏海河搞垮，就得把魏家

人扳倒，這可是大意不得的事。你們幹不了那樣的大事，但如果能從周宣身上找到魏家人的弱點，也許就能辦成這件事。如果立了這個大功，你們就前程似錦了。記住，這個周宣是關鍵中的關鍵，想要扳倒魏家人，就靠他了！」

「張局長，放心吧，我們會做好的。」

把電話一掛，兩個便衣員警便急急退出這條巷子，然後到前邊一百米遠的一間咖啡廳裏，在靠窗邊的位置上坐下來，兩個人都能很清楚地盯著這個方向。

周宣把他們對話的內容好好地回憶了一下，然後又想了想，一個是張局長，一個是黃書記，不知道到底是什麼人？

張局長，應該就是城北分局的局長，但黃書記他就說不準是哪個了，而且周宣也不熟機關人事，誰知道是哪個呢？

想了想，周宣覺得暫時還是不能驚動這兩個人，所以仍然走了出來，裝作閒散的樣子往巷子外走，眼神只是盯著前方，異能卻是運起來探測著咖啡廳裏面。

「出來了，出來了，二炮，趕緊買單……」

周宣探測到後，將手中的小袋子一甩一甩地盪著，然後像散步一般的在馬路上往回走，速度極慢，這邊離西城是交界的地方，穿過沿街的老城村，直接就是西城的繁華地段，那兩個人隔得遠遠地跟著，要說不是周宣有異能，那還真不可能發現到。

直到回宏城廣場，步入社區自己的別墅，那兩個人便不再跟過來。周宣進屋後，那兩個人便即回身走了，不再停留。看來只要他在家裏，那些人便不再跟蹤監視了。

周宣進了客廳，把東西放在桌子上，家裏，金秀梅和傅盈、劉嫂三個人正逗弄著兩個小孩，笑聲不斷。周宣心想，還是到樓上的房間裏，悄悄跟魏海洪或者是李雷打個電話吧，讓他們查一下這個黃書記和張局長究竟是什麼來頭。

顯然這兩個人說的話，對魏家將有極大危險，也許魏家現在正處在他們的陷阱中。

如果只是魏海河，周宣是不想管這件事的，反正都要走了。但現在關係到的是整個魏家，那就包括了魏海洪、魏曉晴，這是周宣無論如何都不能忍受的。

就在周宣準備上樓打電話時，金秀梅又嘮叨了一下：

「這個社區的保全從來就沒有進屋來檢查過，今天竟然每間房間都檢查了一下，幾時有這麼負責過了？」

周宣一怔，停住了腳步，趕緊問道：「安全檢查？都檢查了些什麼？」

劉嫂在一邊接了話道：「嫂子讓我跟著去看著的，基本上就是檢查電路，我看他們兩個人主要是在檢查天花板上的吊燈之類的，說是看看會不會電線短路。」

周宣一聽上了心，但臉上卻漫不經心地道：

「哦，做安檢挺好的，以後還得讓他們多檢查幾次。」說完就上樓了。

在行走間，立即運起了異能在整棟房子裏探測著。

若不是有心去注意，是很難發現那些隱藏的東西，但現在注意了，立即就找出許多不同之處，譬如在天花板的燈上給加裝了監視器，客廳裏的茶几下以及房間中的床頭櫃下，也安裝了竊聽器。

除了客廳，他們一共裝了四個房間，分別是周宣和傅盈睡覺的房間、周蒼松和金秀梅的臥室，還有周濤和李麗的房間以及李爲和周瑩的房間。

周宣想到，這肯定是某些人安排的，目的就是爲了隨時監控他。

這些人的手段讓周宣心裏惱怒起來，幸好是今天裝的，又及時發現，在房裏裝這些監視器和竊聽器，對他們一家人的隱私有極大的威脅，讓周宣絕不能容忍。

周宣一邊想著該怎麼來解決這件事情，一邊走到一間沒有安裝監視器的空房間裏，然後向窗外搜尋著。

周宣在窗後探測著，玻璃窗是用特殊質材做成的，只能從裏面往外看，從外面是看不進來的。

監視器和竊聽器需要有終端接收器，這個接收器設備不會超過兩百米，如果超過了這個距離，就會影響音質和視頻的品質。而周宣的別墅是獨立型的，四周與別的別墅間隔超過了兩百米以上，所以要在有效距離中接收信號，那就得在他能看得見的範圍以內，也處在周宣別墅的範圍以內。

在花園外側，也就是在別墅左後方兩百米外，停有一輛十二人座的藍色麵包車，因爲超過了周宣能探測得到的範圍，所以周宣不清楚那車裏有些什麼人。周宣想了想，便下樓到車庫裏面。因爲他探測到車庫裏面沒有安裝這些監視器。

平時車庫裏是鎖住的，今天那兩個來安裝竊聽裝置的人並沒有到車庫裏。坐到車裏，周宣拿出手機來，先給李雷打了個電話，把今天遇到人跟蹤，又偷聽他們談話內容的事，一一告訴李雷，最後又把有人到家裏安裝監視器和竊聽器的事也說了出來。

李雷當即沉默了起來，隔了幾秒鐘才沉沉說道：

「周宣，你先別驚動他們，我先安排人過來，等你控制了那些人後，我的人再把他們弄到軍營來審問。這個我也有正當理由，我就說他們私自在民宅安裝竊聽裝置，畢竟還有李爲和周瑩的房間。要知道，我們的身分特殊，家庭都是受保護的，就這一點，我就能對付他們，把他們幕後人找出來，公然質問。

第二，法律對公民的隱私權是有保護的，他們這樣做，也是違法的，以你說的看，他們想要扳倒老魏家，就絕不是簡單的人物，若不是與老魏家在同一級別上的人，根本就不會有

這樣的念頭。」

李雷雖然是軍人，但並不是個魯莽之人，一思索間便即想出了對策，最後叮囑了周宣：

「千萬別讓他們有機會給幕後主使者發出資訊，要一擊而中，只有這樣，我們才能掌控先機，……這個對手，很不簡單。」

周宣答應下來，然後才裝作散步的模樣，從大門口出去，往那個麵包車停著的位置走了十多米，與之相距差不多還有一百八九十米的樣子，異能便探測了清楚。

麵包車裏，擺滿了監聽儀器，壁板似的顯示器上面，四個鏡頭顯示著的畫面，就是他們在周宣家裏安裝了監視器的房間，竊聽器裏也響著金秀梅和傅盈談話的聲音，不過都是說小思周和思思的話，沒有他們想要的內容。

麵包車裏除了隨時待命的駕駛員外，裏面操作監控的人員有三名，兩男一女。

周宣往他們那個方向剛走十多米時，那個駕駛員便警覺地說道：

「被監控人往這邊過來了，看樣子不像是發現我們，要不要把車開離這個位置？」

他們領頭的人顯然是其中監控的三個人之一。周宣便運起異能把他們四個人一起凍結，讓他們喪失行動和說話的能力。

不能給他們任何的機會，因為周宣沒有把握，他們此時會不會與後臺總部保持著聯繫，如果一直在通訊中，那只要他們的一句話就能暴露他們的行動了，所以要完全控制住他們四個人。

然後，周宣才慢慢走過去，一邊四下打量著，看看還有沒有別的監控者在附近。過了一陣，行走了五六十米後，周宣基本上可以確定，就只有他們四個人一輛車，別的地方並沒有監控者。

查證沒有其他人後，周宣才迅速往那麵包車走過去，到了近前，突然伸手拉開車門，鑽進去再關上門。

車裏的情形，周宣早已經探測得清楚，一屁股坐在靠邊的位置上，然後盯著那三個人直是嘿嘿冷笑。兩男一女，三個人加上駕駛室的男子，四個人都驚訝萬分地盯著周宣，偏偏全身動彈不得，連說話的能力都沒有。

周宣坐在車裏，先是檢查了一下看看通訊器有沒有開著，想了想，自己不懂這個，不能盲目地把這輛車裏的儀器設備毀壞掉，要是以後李雷要用這個來做證據，自己毀掉了就麻煩了，索性待著不出聲，等李雷的人到來後再做打算。

大約等了二十分鐘，周宣的電話響了起來，手機上是一個陌生的號碼，周宣猜想是李雷派來的人手，當即下了車，離了十多米後才按下接聽鍵。

「你好，我是周宣，你是哪位？」

「周先生，我是江晉，在你家附近，你在哪個位置？」

一聽是江晉，周宣心裏一喜。當初自己第一次到南方時，就是他和鄭兵來保護自己的，這兩個人的身手極強，是軍隊中的特種部隊裏的王牌，李雷派他過來，顯然是很重視這件事。

周宣當即向江晉說了自己的位置，然後在原地等候著。

不到一分鐘，江晉和他一起來的人手就開著兩輛黑色的轎車過來了。一到近前，車一停，車上下來了六個人，個個都是身穿便服，但精幹的表情顯示他們無一不是狠角色。

六個人當中就有江晉。周宣立即上前與他緊緊握了握手，互相擁抱了一下，然後才低聲說道：

「就是那輛車，我已經控制了他們，等你們來之後我再解除禁制，交給你們處置。裏面的監控設備我不懂，他們在我家裏裝了四套監控設備，這要怎麼處理？」

「交給我們就好。」江晉當即點點頭，然後又說道：「小陳，小江，你們兩個跟我一起到周先生家裏把監控設備拆除下來，其他人負責把這車和裏面的人帶回總部，執行命令。」

幾個人輕輕應了一聲「是」，然後各自迅速的四散分開，做各自要幹的事。

然後江晉帶了兩個下屬，跟著周宣回到別墅裏。

周宣對金秀梅說道：「媽，我讓社區的管理處再來檢查一下，看看哪些地方需要重新加強一下，防火防水什麼的，既然要檢查，就檢查得詳細一點。」

金秀梅點點頭，並沒有感覺到有多麼奇怪，依然跟劉嫂和傅盈閒聊著。

傅盈倒是有幾分警覺，因爲江晉這幾個人看起來就顯得不一般，普通的工人哪裡有這麼穩健的步子？顯然就是練過武的。不過傅盈自然不會當著金秀梅說出來。

當周宣領著江晉三個人到房間裏進行檢查拆除時，傅盈便跟著到樓上，在樓上她才悄悄問周宣：「周宣，他們……在幹什麼啊？」

周宣臉色一沉，低聲道：

「盈盈，我們家裏被人偷偷裝了監視器和竊聽器，我請李爲爸爸的人過來拆除，而那些監控我們的人，也被我控制住，交給他們帶走了。」

傅盈大吃一驚。

這不由得她不驚訝，一切隱私都被人瞭若指掌，那是最讓人無法忍受的事，這在國外也是一項很忌諱的事。

周宣又擺擺手道：「盈盈，別擔心，這是今天才裝上的，我及時發現了，也檢查過了。放心，沒有問題。以後我們再謹慎一點，別再讓陌生人隨便進來。今天那幾個說是安全檢查的人，就不是社區的人，東西也是他們裝的。」

傅盈這才放了心。

第一四九章

打草驚蛇

周宣心裏還是有幾分擔憂。
這些人背後的真實身分是警方人員，
如果就這麼與總部失去了聯繫，肯定是會惹出事來的。
如果李雷不能儘快讓這些人吐露實情的話，而放了他們，
這就肯定會打草驚蛇了。

江晉三個人很快便拆除了竊聽設備，然後問周宣：「要不要再檢查一下？」

周宣搖了搖頭，說道：「不用了，那監控的麵包車裏就只有四台顯示器，不會有多的，我也確證過了。」

江晉點點頭，把拆除下來的東西拿起來，然後與兩名下屬一起離開，周宣送到門口，然後目送他們離去，後面就得等待李雷那邊的消息了。

說實話，周宣心裏還是有幾分擔憂的。這些人背後的真實身分是警方的人員，如果就這麼與總部失去了聯繫，那肯定是會惹出事來的。

如果李雷不能儘快讓這些人吐露實情的話，那就得放了他們，這就肯定會打草驚蛇了。

這也得靠運氣，看看那四個被逮住的人當中，有沒有職位比較高的，與幕後高層人物的聯繫上，只有職位高的人才有可能得知較深的內情。

只是這之後又過了三四個小時，周宣也沒能等到李雷那邊的消息。看來在這幾個人身上並沒有得到多大進展，但問題是，如果確認得不到什麼消息，那李雷也會告訴他，或者把那些人放了，但到現在都沒放人，也沒有消息給他，那就可能是這幾個人之中有人知道了較多的內容，但卻不鬆口，李雷還在想辦法。

這樣想，讓周宣還抱有一絲希望。

不過，周宣已等不了了。在監控他的人與總部失去聯絡達四個小時後，總部的人聯繫不到這個小組，頓時便急了。立刻派出了七八個便衣來尋找。

他們發現周宣在家裏，並沒有到別的地方去，但他們的人卻消失了，包括那輛監控車都無影無蹤，於是又四處搜索了一遍，還是沒有發現他們的人，便趕緊彙報回去。

幕後人趕緊再向上頭彙報，然後開了個緊急會議，決定暫時把周宣帶回分局協助調查，怎麼也要把失蹤的人員找回來吧？

周宣一直在大門外邊的花園中待著。他擔心李雷的消息還沒來，而監控他的人也沒回去，或者是幕後的人著急來找，進而會驚動家人，所以一個人在門外呆著，如果有人來，他就在門外攔下來。

這次過來的有七個人，普通裝束，看來他們的上司也不想把這件事搞得公開化，鬧到不可收拾的地步，對哪一方都不好。

周宣在離家門有一百來米的花園路口就把這七個人攔下來，問道：「你們想要幹什麼？」

「你就是周宣？」其中一個男子問道。

「我就是。」周宣也不否認。

那男子當即一揮手，幾個手下過來圍住周宣，想用手銬把他銬起來。

周宣冷笑道：「我犯了什麼罪？你們要抓我？如果沒有證據，我不會跟你們走。」

那七個人嘿嘿地笑了起來，也許是周宣的話太囂張、太自不量力了吧，所以他們發笑。

「你不會跟我們走？那由得你嗎？嘿嘿，你現在走也得走，不走也得走……」隨即轉頭對幾名下屬道：「小伍，銬起來。」

周宣冷冷道：「嘿嘿，那我也告訴你們，我想走就走，不想走，誰也別想把我弄走，不過我現在自己願意跟你們走，所以客氣點，別惹火我。」

因爲知道他們底氣也並不那麼硬，所以周宣也不客氣，得罪便得罪了吧，反正自己也打算要遠離這裏了。

那七個男子顯然一愣，對周宣的硬氣很是詫異，但隨即又醒悟到，可能是他們根本就沒亮身分，周宣會以爲他們只是綁架的或者是黑社會等等吧，所以才敢那麼大膽子。

這些人平時卻是囂張慣了的，此刻見周宣毫無懼色的頂撞，他們一下子就火了起來。

三四個人一起上前就要把周宣放倒，抓手的抓手，按背的按背，踩腿的踩腿，幾個人的動作很專業很迅速，只是一動作的時候，便忽然間定住了，個個一動不動便若木偶一般，在後面的三個人都嚇了一跳，趕緊各自上前叫著同伴。

周宣知道把事情鬧到這樣的局面，肯定不是好事，只能等到李雷的消息過來才行，想了想，便自己走到十數米外他們開過來的三輛車的車邊，然後回頭道：「走吧。」

在周宣說了「走吧」兩個字後，那四個被定住的人才忽然間又可以活動起來，剛剛那種感覺，就好像做夢的時候被驚到一般，卻怎麼也醒不過來，這會兒能活動後，眾人直是喘著粗氣，臉上冷汗淋漓。

因爲周宣根本就沒有任何動作，兩個人在他正面，另兩個人在他後面，可以確定周宣沒有動手，但身體怎麼就不能動彈了呢？

七個人看到周宣自己走過去主動上了他們的車，又是吃驚又是不解，搞不清楚周宣是什麼意思，而且對剛剛那一下又有些莫名其妙的，甚至是有些恐懼在內。

但周宣自己願意上他們的車，那就好說了，可從來沒有見過到了他們地頭還能狠起來的人。那個地方可是好進不好出的。

七個人當即一起急急過去，兩個人一左一右上了周宣的那輛車，把他圍了起來，手伸到褲袋裏抓著手槍，隨時準備應付周宣的動作，其他人又上了另外兩輛車。

果然在車上，周宣就探測到前一輛車上，那個好似爲首的一個男子拿手機給那個張局長打電話了，只是他萬萬沒想到，周宣隔了一輛車就能聽到他說話，而且連電話裏對方的聲音也能聽清楚。

「張局長，人逮到了，不過有點奇怪，不知道是這個人的原因，還是兄弟們自己的緣故，在行動時出了一點小狀況，還有，林隊長他們四個人仍然是蹤影全無的，沒有搜尋到任何一點蛛絲馬跡。」

那個張局長沉吟了一下，然後才說道：

「嗯，我知道了，先把人帶回來再說……」

二十多分鐘後就到了目的地。

進門的時候，周宣從玻璃車窗上看到「城北分局」的字樣，心裏便哼了哼，又嘆了嘆，這些人跟魏海河爭鬥，把傅大哥送回老家了還不夠，還要對自己和魏家人動手？

一到分局裏面的停車場後，那幾個男子就對周宣不客氣了。

「下車，老實點。」

周宣哼了哼，在後面鑽出了車，然後站在車旁。

這時，停車場裏的人不僅僅是他們七個人，還有十幾個全副武裝準備著的員警。

那個剛剛叫嚷著讓周宣老實點的男子，對一個穿著制服的員警說道：

「李隊長，這傢伙很難搞，逮捕他的時候囂張得很，我看趕緊把他弄到審訊室審問吧，看看林隊長他們失蹤的原因，得趕緊問出來，否則林隊長他們恐怕有危險！」

兩名員警便上前對周宣準備反手拿下，但周宣拍了拍手，似乎是在拍手掌上的泥塵，那兩個上前動手的人便雙手垂下，無法再動彈。

只是這一次好過了頭先那幾個對周宣動手的時候，那時，那四個人是全身都無法動彈，而此時，只有兩個對周宣動手的人受了鉗制，而且被凍結的也只有一雙手，身體其他部位並沒有受到限制。

而這兩人的受制，其他人並沒有察覺，因爲周宣的冰氣凍結，並沒有讓他們有疼痛感和異樣感，只是無法動彈，其實他們本人還沒意識到是周宣對他們動了手腳，而是很奇怪地甩動胳膊，不知道是什麼原因。

另外那四個被周宣凍結過的男子一見這情形，頓時又驚了起來，此時接二連三地一再出現這種情況，那就有可能不是偶然的情形了。

也不知道哪個發一聲喊，「把他逮起來，快點……」

頓時眾人都被挑得驚慌起來，以爲出了什麼狀況，掏槍的掏槍，找掩護的去找掩護，幾秒鐘過後，才發現是虛驚一場，周宣仍然站在原地沒有動靜。

周宣雙手一攤，然後說道：「往哪兒去，你們帶路！」走了兩步又說道，「還有，我不是犯人，不是嫌犯，沒有違法犯罪，所以別對我用那一套，我不吃那一套。」

一眾人都不禁呆了一下，哪有這麼囂張的人？在這兒，還有人能囂張得起來？

那個一開始就對周宣很凶的男子更是惱怒，這時再也不能忍受，上前就是一腳踹過去。

周宣也不客氣，回身一瞪眼，那男子便身子一冷，腿腳無力，一跤便摔倒了。

那人趴在地上很是奇怪，又很惱火，不知道怎麼就摔了這一跤，太失面子了，這麼多同

事看著，那周宣只是回身瞪了自己一眼，自己便摔倒了，那不是表示周宣威勢嚇倒了他嗎？

那男子手一撐，準備爬起來再對周宣動手，以報復來塡補威風上的損失，但手一撐時，半邊身子又麻了起來，接著全身都麻了起來，就只剩嘴巴還能說話，腦子還能思考，但身體卻是絲毫動彈不得，這個感覺，眞是讓他快要發狂了！

「老伍，小陳，快扶我起來，我……我站不起來了！」

旁邊的人趕緊上前扶起了他，但不能鬆手，而且還使了很大的勁，扶著的身體卻是跟一堆軟泥一樣，沒有一點力氣。

周宣毫不理會，在前面大踏步而行，後面的人又是一聲喊，一起圍了過去，槍口都對準了他。

周宣這時候爲了保險，也爲了不讓他們有所發現，索性把他們手槍裏的子彈給轉化吞噬了，讓手槍槍膛裏都變成了空的。

因爲周宣是赤手空拳的，而且一直沒有對任何人動手做過動作，所以他們大部分人還是撲上去對周宣準備以擒拿手法逮下來，不過結果卻是：這一群人沒有撲到周宣身上，便已經一個個都摔倒在地，跟一具具死屍差不多，一動都不能動。

停車場裏頓時只剩下三個人還好好地站著沒有倒下，而這三個人也正是沒有跟著上前對周宣動手的。

看來，這十七八個人全都倒下的詭異情景，只怕還是給周宣弄的手腳吧？只是奇怪的是，他們就沒有一個人能看出周宣到底是怎麼樣動的手，以親眼看到的情況中，周宣並沒有動手，所以就更覺得奇怪了。

這十七八個同事，絕不可能是同時中風了吧？要說有可能是因爲突發性疾病的話，那最多也只有一個兩個，這麼多人同時倒下，是正常的嗎？

再看周宣那平淡無奇，毫不動容的樣子，剩下的三個人覺得，這些突發的情況絕對與周宣脫不了干係。

眾人一時害怕起來，但周宣也沒有別的動作，盯著他們三個人道：

「審訊室在哪？帶我去吧，我讓你們做個筆錄，快一點，做完我就要回去了。」

要是換了在平時，周宣這話一定會引起他們的大笑，來這裏是你說走就能走的嗎？但此時的周宣，卻讓他們有了一種恐懼的感覺。

只是，周宣也沒有什麼攻擊性的動作，終於有一個人上前說道：

「跟我來。」

周宣也不說什麼，靜靜跟著他過去，在一間門上標有「審訊室」幾個字的門口停了下來，然後推開門，讓周宣進去。

周宣幾步便走了進去，審訊室前不大，十幾個平方，有一張辦公桌，桌上有台電腦，以及印表機，桌子對面有一張椅子，估計是給被審問的人坐的吧。

周宣也不問什麼，直接便在那張椅子上坐了下來，而後那個男子也進來，在桌前坐了下來，打開電腦，一邊問著：

「名字，年齡，工作……」

「周宣，二十八歲，無業。」

對方怎麼問，周宣就怎麼簡短地回答，一個字也不多說，而且也不說對方沒有問的事。

「你知道你有什麼問題嗎？」那人抬眼盯著周宣，眼神中多了些嚴厲。

周宣笑了笑，淡淡道：

「你不用對我來這一套，我告訴你，我什麼事也沒做，不用對我套話，我只是配合你們來做個筆錄，沒有證據的情況下，你們沒權將我拘留。」

那個男子對周宣有些無可奈何，正猶豫間，從門外又進來六七個身材高壯的男子，眼神凌厲地盯著周宣。

那男子當即站起身說道：「高處長，我……」

在最前面的高大男子眼神一凝，點點頭：「我知道，你先出去，這裏交給我來辦。」

那男子如釋重負，趕緊站起身，幾步溜出審訊室，出去後把審訊室的門關了起來。

那個高處長在桌前坐了下來，向左右使了個眼色，另外六個男子便兩個守門，四個人一左一右圍在周宣身邊，伸手便按住了他肩膀。

高處長瞧了瞧電腦上填寫的周宣的資料，嘿嘿笑了笑，然後對周宣道：

「我給你個機會，先說說在你家附近那輛車上的四個人到哪裡去了？」

周宣也是嘿嘿一笑，說道：「這機會你自己留著吧，我告訴你的話就只有一句，那就是我不知道。」

高處長冷冷道：

「你知道這裏是什麼地方嗎?你可知道，我給你的機會你不把握住，你就再沒有機會了?所以，我再問你一次，我們的四個人，你把他們弄到哪裡去了？」

周宣也同樣冷冷道：

「那我也再回答你一次，我不知道。」

「我讓你不知道……」在周宣身邊右側的一個男子當即惱了起來，伸手就是一巴掌扇了過去。

但他的動作只做了三分之一便做不下去了，不僅僅是他，按著周宣的四個人，手都無法動彈，周宣伸出手來給剛剛要扇他一巴掌的那個男子一個耳光，很響亮。

「這是你要給我的，那我就還給你。」周宣冷笑著說道，「我想，你們的事也是不能擺

到臺面上的，如果是真正的好警察，爲人民好好做事，那我一定會尊敬你們，但如果你們冒充員警，濫用私刑，胡作非爲，那我告訴你們，我沒時間和你們糾纏，有什麼招，儘管使出來吧。」

周宣這番無比囂張的話，頓時讓高處長和房間裏的六個男子都吃了一驚，而且，周宣還在他們的控制之下打了他們的人一個耳光，這種事，是怎麼可能發生的？傳出去，誰都不會相信。

那高處長霍地一下子就站起身來，喝道：

「揍，往死裏揍。」

可是他說歸說，吼歸吼，那四個壯漢卻無法動彈，周宣抽了那個男的一個耳光後，便又緩緩坐到椅子上，絲毫沒有著急慌亂的表情。

門口守著的那兩個男子呆了呆後，隨即衝了過來，兩個人又是揮拳，又是踢腳，想要把周宣狠狠教訓一頓。但只衝到周宣身前一米的地方，便如給定了身一般呆立當地。

周宣站起身來，給了他們兩個揮拳踢腳一頓狠揍，然後拍了拍手又坐回椅子，這才說道：

「我告訴你們，你們做的是不值得我尊重的事，那我就原樣奉還。你們準備要在我身上幹的事，我就同樣奉還給你們。」

說完，他又對高處長說道：「筆錄，快點，做完後我要回家了。」

高處長哪裡見到過這種情形？凶悍的匪徒多了去，但凶狠歸凶狠，跟周宣這詭異的場景卻是大不一樣。

他們一共七個人，個個都是格鬥擒拿的好手，現在除了高處長一個人外，其他六個人都被定在了當場，這讓經驗豐富的高處長是又驚又怒。這周宣是個武術高手吧？民間奇人倒是甚多，估計他使的就是點穴啊、無形暗器之類的功夫吧？

「你……你對他們做了什麼？」高處長又驚又怒地喝問著，隨即猛一下把腰中的手槍抽了出來，「喀喀」地打開保險，然後把槍口對準了周宣，喝道：

「蹲下，雙手抱頭！」

周宣毫不理會他，夷然不懼，嘲弄地對高處長道：

「你敢開槍麼？」

高處長頓時脹紅了臉，但槍口仍緊緊地對準了周宣，喝道：「你要再動一動看，你一動我就開槍。」

周宣嘿嘿一笑，他手槍裏的子彈早給轉化吞噬了，當然高處長也不可能會察覺，除非他當真開槍。

高處長見六個下屬如木偶一般，除了一雙眼睛在骨碌碌轉動外，身體卻是不能動彈，又

驚又怒，握槍的手顫動不已，忍不住就想扣動扳機。

這時，審訊室的門一下子被推開了，一個中等身材、臉形微胖的中年男子走了進來，高處長當即恭敬地說道：

「張局長……」

原來這個就是張局長了。周宣打量著這個人，很有些威勢，如果他跟背後的人運作得好，也許過不了多久，傅遠山的職位便是他的了吧？沒有利益的事，肯定是不會產生鬥爭的。

張局長對高處長只是稍稍點了點頭，然後又揮揮手，對高處長道：

「你出去，叫人把他們都弄出去，我來跟周先生談一談。」

高處長當然不會違逆張局長的意思，趕緊出去，又叫了幾個下屬過來，把六個不動彈的手下抬了出去。

等到所有的人都走了後，張局長才對周宣攤攤手，微笑道：

「周先生，呵呵，坐下說吧，我想，其實你大可不必把我當成對手、敵人來看待。」

伸手不打笑臉人，周宣坐下後，然後微笑著說：

「張局長，我沒有把你當成對手，恐怕是你們把我當成了對手吧？」

周宣說話時，把「你們」兩個字說得特別重，這讓張局長也是一怔，難道周宣知道了什麼隱情嗎？照理說是不會的，如果真要是這樣的話，那只可能是監控的林隊長透露的吧？

因為林隊長是他的心腹，做事又有經驗，對他又絕對的忠心，所以張局長便派了他去監控周宣。如果是平時的小案子，以林隊長的身分，又怎麼可能讓他親自去做這種事？明顯大材小用了。

周宣看到張局長是要來套他口風的，給自己一句話便搞到有些發呆，不如再給他來一下猛的，讓他再嚇一嚇。

「張局長，替我向黃書記問個好吧。」周宣裝作漫不經心地又說道。

張局長愣了一下，隨即臉色一變，一雙眼睛如電芒一般在周宣臉上掃來掃去，似乎是在試探周宣到底是什麼意思。周宣毫不為所動，因為他心知肚明。

「你都知道些什麼？」張局長靜了一陣，對於周宣的試探，最終還是忍不住問了出來。

這倒不是說他心機不夠深，不如周宣沉得住氣，這種事，無論是誰在周宣面前，只怕都不容易討到好去。畢竟，周宣的異能可以洞悉先機。跟兩軍打仗一樣，一方已經完全知道你所有的佈置和秘密，而你卻不知道對方的一丁半點，無論你怎麼厲害，勝利的天平都已經傾向了對方那一邊。

此時的張局長就是這樣。作為他這個職位級別，那都是老謀深算的人物，若說不是周宣

有異能，不是以異能經歷了這麼多的事，便是十個周宣，那也不是張局長一個人的對手。

所以張局長心裏吃驚不已，表面上是在強行忍住驚訝。

周宣笑笑著，又淡然地說道：

「我其實什麼都不知道，張局長，有些事不用我明說吧，你們沒有任何證據就把我抓來，現在你可是濫用職權啊，還跟蹤我，在我家裏安裝監視器和竊聽器，這是不是違法的事？作爲你們執法單位來講，那更是知法犯法！」

張局長沉靜下來，周宣的話深深刺到了他，看來周宣這個人很不簡單，至少現在他已經把他們的所有行動和背景關係都摸清了，這是不是查了很久才得到的消息？

張局長遲疑了片刻才說道：

「你……那四個人，都給弄到哪裡去了？」

周宣淡淡道：

「張局長，這你不用問，我只能告訴你，第一，我不知道他們被帶到哪兒，第二，帶走他們的人，身分比你還要高；第三，你的人肯定沒有危險，但苦頭肯定是有得吃的。不過我想，只要他們配合，你的人自然就會放回來了。」

張局長猶豫了一陣，然後又沉著臉道：

「那你知道不知道，他們這樣做是違法的？就算身分高，一樣有責任。」

「違法？責任？嘿嘿嘿……」周宣嘿嘿冷笑道：「那張局長，我請問你，你安排人去監聽別人的私生活，你違法不？你有責任不？我相信，只要你的手下一承認，這個黑鍋，張局長，恐怕你就得背上了。傅遠山的前車之鑑，你不是不知道吧？」

張局長又是一呆，周宣的話雖然說得囂張，但讓張局長不得不害怕起來。

說實話，目前他雖然跟背後的人有很深的關係，但那是利益關係，一旦出了事，必須有一個人要頂罪扛黑鍋的話，他還真的相信周宣所說的，一般情況下，百分之九十九都是會把他扔出來。沒出事時，當然大家都是一團和氣，但只要一出事，他就是那個扛炮的。

猶豫了一陣，張局長又想起來，周宣如此膽大，毫不畏懼，想必他背後動手的人確實來頭不小。與周宣有過來往關係，並且關係密切的人，張局長基本上瞭解一些。除開魏家人，再就是李家人了，而且李家還和他有親家關係，李家又是軍方的重權之人，他可絕對惹不起。

若說只是跟蹤一下，倒無所謂，不承認，對方也無可奈何，但關鍵是，自己的確是派了人過去跟蹤監視，而且自己也太過於信任自己手下的能力了，居然同意讓他們到周宣的別墅裏安裝竊聽設備，這可是犯大忌的。

如果對方是罪犯，或是嫌疑人，又或者是普通人，那都好說，但對方若是一個不普通也不曾犯罪，而且來頭還很大的人，那就麻煩了。

張局長頭痛的是，手底下的人一再保證過，絕不可能被他們發現，張局長也認爲這次出動的都是他手底下的精英，所以他才如此放心。

但現在卻出了差錯，不僅監視的設備被人家發現，而且連自己派去監控的手下都被對方抓去了，這就無法賴得上對方襲警不襲警了。只要對方的底子夠硬，鬧起來，他會吃不了兜著走。

周宣攤攤手，然後又淡淡道：

「張局長，你想拘留我呢，還是放我走呢？」

張局長沉吟起來，沒想到這是一個燙手的山芋，最令他如坐針氈的是，周宣似乎是洞徹先機，知道他的底細，這是令他最害怕的，這個周宣，確實是小看他了，自己太輕敵了。

沉吟了一會兒，張局長才說道：

「小周，我們……兩個和氣的打個商量好不好？這次算是誤會，大家都不計較，你把我的人都送回來，我就放你回去，怎麼樣？」

周宣淡淡一笑，臉色中有些陰森森的味道。

「張局長，你這叫什麼和氣？根本就是你佔便宜的事。嘿嘿，你不把你手下的人管好，能賴到我身上嗎？你找不到你自己的屬下了，不能把他們救回來，關我什麼事？再說，你沒有任何證據抓我，我只是盡一個公民應盡的職責，配合你做一下筆錄而已。現在，我要走了，你有什麼理由不放我？」

周宣的話說得極有威勢，張局長汗水涔涔而下，一時間有些手足無措。

作爲局長，他是很強勢，但如果眼前是個極有來頭的人，那他的強勢肯定是行不通了，起碼對這個周宣，他是不敢用強的。

眼下有點騎虎難下的味道了，張局長一時間猶豫著，想不出要用什麼話、什麼手段來對付周宣。

第一五〇章
唇亡齒寒

可能是因為老爺子的死吧，人走茶涼，魏海河雖然在位，
但在最高層的那些人眼中，魏家已經開始在走下坡路了。
唇亡齒寒，李家與魏家向來是同盟陣營，
就算不聯手，也容不得黃玉群逼到門上來欺壓。

這時門一響，一個身穿警服的中年男子走了進來，嘿嘿冷笑著，對周宣揚了揚手中的小錄音筆，然後放了起來。

「嘿嘿，你不把你手下的人管好，能賴到我身上嗎？你找不到你自己的屬下了，不能把他們救回來，關我什麼事？再說，你沒有任何證據……」

錄音筆裏清晰播放著周宣剛剛對張局長說的那些話，那個男子把音鍵按停了，然後對周宣森然說道：

「要證據麼？那還不簡單，我可以把它再剪輯一下，做出我想要的內容。嘿嘿，姓周的，在我們局長面前，還敢這麼囂張，說實話，要治你要關你，那還不簡單，幾分鐘的事……」

「你算個屁。」周宣當即破口而出，絲毫不給這個男子一點面子。「你有什麼證據？老子說沒有就沒有，你再放看看？老子要讓你明天三更死，就不會留你到四更……」

那男子和張局長一見周宣忽然爆發，口出穢言，那男子便是勃然大怒，一邊抽出腰間的電警棍要對周宣動手，一邊罵道：

「狗日的，沒見過比你更囂張的，不治治你，你不知道天字是怎麼寫的！」

周宣眼也不斜他一下，背著雙手端坐不動，但見那個男子剛把電警棍拿出來，便即呆然而止，全身一動不動。

周宣又對張局長說道：「張局長，你不妨再放放你們所謂的證據。」

張局長驚疑不定地把錄音筆拿過來，按下了播放鍵，但錄音筆裏傳出來的只有沙沙沙的聲音，再沒有一句周宣所說的話。

周宣緩緩站起身來，從那男子手中拿過電警棍，推開按鍵，警棍頓時「劈劈啪啪」閃著電光，很是嚇人。

周宣嘿嘿笑了笑，便拿著電警棍對著那男子一頓亂電，那男子立即給電擊得歪牙咧嘴的，痛苦不堪。

而張局長在一邊手足無措，不知道該怎麼辦。要是上前動手，肯定會遇到跟他手下同樣的情況，而且他身上也沒有帶槍，沒有可以制住周宣的武器。

從這段過程來看，周宣肯定擁有很厲害的能力，這些神秘的能力著實讓他吃驚。

張局長的這個手下是個很有能力的人，今天一早被派出去做別的事了，一回來便聽說張局長給一個小毛頭難住了，火大得很，一頭衝進來想幫忙出氣。

這個手下也頗有經驗，心想對方若是有來頭有分量的人，還得準備點證據，至少讓對方無話可說，所以才準備了錄音筆，在門外把周宣說的話給錄了下來。

卻沒想到，才剛開始動作，全身就給冰凍一般不能動彈，反而被周宣搶走了他的警棍。

周宣一邊電擊著這個手下，一邊用異能審視著，直到他快受不了的時候才鬆開，然後再

把冰凍的禁制解除，讓他可以活動。

不過，他給周宣電了這一會兒，已經跟條死魚似的，躺在地上只喘粗氣，好半天才顫抖著手慢慢爬動。

很艱難地爬起來後，他朝著張局長一示意，眼神瞄向自己的屁股後面，接著又反身把屁股湊到張局長面前，這個動作，在前邊的周宣看不到。

張局長在看到那男子屁股上挎著的手槍時，猶豫了一下，隨即狠下心，一伸手把手槍迅速取下來，然後對著周宣打開了保險，喝道：

「你……放下警棍，繳械投降……」

周宣淡淡道：「張局長，我的囂張，那都是給你們逼的。俗話說，你不逼我，我又何必囂張呢？我只是個安分守己的良民，別逼我了。」

「放下警棍，別廢話！」張局長一雙手握在手槍上，額頭上全是汗水，可真從來沒有遇到過這樣的情況。

周宣嘿嘿笑道：「那我就等你開槍吧！」

張局長赤紅了臉，喘著粗氣，然後說道：

「別逼我，我數一二三，你再不放下武器，我就開槍了！」

這話還真是現學現賣，剛剛周宣才說出來，這時就被張局長派上用場了，而且明顯看來，強勢的一方卻忽然變成了弱勢者。這種情形說出去，鬼也不信。

「嘿嘿嘿……」周宣面對張局長的槍口，想也不想地就把那高壓電棍觸到那男子腰間，「撲喇喇」的又是一陣電擊。

這一下，那男子癱倒在地抽搐起來，鼻子裏直哼哼，沒有半點反擊還手的能力。

張局長手指一扣就開了槍。不過開槍的時候，把槍口低了些，對準的是周宣的腿部，即使打中他，也不會致命。

但「嗒嗒嗒」幾下撞針聲音響後，卻沒有聽到槍響。

周宣嘿嘿笑道：「張局長，你要不要也來嘗嘗這個味道？」周宣說著，把電棍按得火花四射，「劈啪」聲亂響。

張局長面色大變，這才慌了神，這手槍失靈，他就徹底失去了對抗周宣的能力了。

周宣有意讓張局長留下更深的印象，嘿嘿笑了笑，然後把電警棍往自己嘴裏插去，張局長不知道他這是幹什麼，一時間驚疑不定。

周宣把電警棍伸進嘴裏後，用嘴緊緊咬住，一邊運異能把電警棍轉化吞噬，就這樣，一條尺來長的電棍就給塞進了嘴裏，直到完全不見，在張局長看來，感覺就是周宣把電棍給吃了。這讓張局長驚得目瞪口呆。

就在張局長的呆癡中，周宣把手拍了拍，然後問道：「張局長，還需要做筆錄嗎？我還

要回家，能不能趕下時間？」

張局長頓時面紅耳赤起來，這個周宣，不只是有來頭，不只是燙手山芋，而且本身的能力也太強了，強到他們都無法想像，這在現實中，應該是不可能的事吧？

周宣正要再說話，口袋裏的手機響了，是李雷的電話，於是按了接聽鍵。

李雷的聲音低沉，不喜不怒的：

「小周，抓來的四個人都招供了，不過，只有一個姓林的隊長知道一些底細，其他三個人都是他的手下。我得到的訊息是，安排他們做這件事的，是城北分局的局長張天遠。他們聽了張天遠的安排，在你家裏安裝了竊聽裝置，我已經向城裏市委提出了嚴正抗議，控訴他們侵犯了我兒子兒媳的隱私權。」

聽了李雷的話，周宣心裏就更安定了些，當即說道：「哦……那樣不就是把事情鬧大了嗎？我現在被他們帶到了城北分局，他們想要拘留我。」

「什麼？」李雷一下子就怒了起來，「黃玉群是不是做得太離譜了？老爺子屍骨未寒，他就連同他老子對魏家動手？把傅遠山搞倒也就罷了，現在還要對你動手，那不是明擺著打我李家的臉嗎？」

周宣尚未回話，李雷又怒火熊熊地道：「周宣，別動，我馬上趕過來！這件事，他黃玉群能把傅遠山拿下，我也能把張天遠拿下，算是替魏海河送個天大人情了！」

說完，李雷便掛了電話。

周宣把手機掛了，慢慢放進褲袋裏，然後盯著張天遠，心想：李雷雖然是軍人，但粗中有細，又能隨機應變，在老爺子眼中，他實際上比魏海峰還要圓滑些，所以魏老爺子評價過他，說李雷未來的成就絕對比魏海峰高。

此時，連極不易動怒的李雷都動怒了，想來也是忍不住了。

也可能是因爲老爺子的死吧，人走茶涼，魏海河雖然在位，但無形中，在最高層的那些人眼中，魏家已經開始在走下坡路了。唇亡齒寒，李家與魏家向來是同盟陣營，就算不聯手，也容不得黃玉群逼到門上來欺壓。

這個黃玉群，周宣不知道，但魏海河和李雷卻是毫不陌生。小時候，他們是一起長大的，黃家老頭子同樣是一位位高權重的人物，現在也是退居二線，身分跟老李、老爺子相差不大。

而這個黃玉群，在城中擔任市委黨組副書記，除了魏海河和市長外，他算是第三號人物，對魏海河而言，他算是潛伏的一股勢力吧。

而他的妻弟，就是周宣上次在夜總會大鬧一場，又贏了六百萬外加一輛瑪莎拉蒂的那家店的老闆，周宣把錢和車送給了傅遠山，卻沒想到因此讓黃玉群抓到了小辮子，把傅遠山給害了。

黃玉群原本是想借機把魏海河的臂膀給折斷了，然後再打擊他，而且，這第一步也順利完成，但他的貪心卻把他給害了。

因爲黃玉群想要弄清楚，魏海河最得力的助手傅遠山究竟是靠什麼手段上升得這麼快的，他究竟是怎麼做到那麼多令人無法想像的事。

經過調查後，他放棄了拉攏傅遠山的念頭，因爲他發覺，傅遠山並不是靠自己做到那些事的，一切跡象都指向了傅遠山背後的一個隱密人物——周宣。

黃玉群再細查之下，更是欣喜，這個周宣還是幫了魏海河大忙的幕後人物。

查到這個人的底細，黃玉群自然心喜，想要將其收攬到自己手下來，所以才安排了張天遠監控，但沒料到的是，周宣是一個擁有異能的人，所以很快就露出了形跡，讓周宣抓到了破綻。

另外，黃玉群還忽略了一件更重要的事情，那就是，他不知道周宣對朋友的忠誠和信義。

在黃玉群的理念中，沒有權力和名利誘惑不了的人。周宣一個年紀輕輕的後生就更不例外了，更何況，他是一個做生意的人呢?只要是在國內做生意的，黃玉群都有能力控制，權力加名利的誘惑，還怕周宣不乖乖聽話?

但事實卻與之相反，黃玉群甚至沒料到，這麼快就出了這麼大的紕漏。

張天遠見到周宣接了電話後就對他冷笑不語，心中十分害怕，整個人都給周宣的手段弄傻了。

不到半小時，李雷就帶了十幾個便衣士兵趕過來了，二話不說，帶著人就直接往周宣待的那間審訊室而來。

其實李雷一到，周宣便察覺到了，當即用異能把他所控制的那些人全部解除了控制，頓時那十幾個給抬在床上的人都爬了起來，高興得手舞足蹈的，那種被凍結了不能動彈有如中風的感覺，實在不好受。

那個在審訊室裏給周宣凍結了又用電棍狠擊的男子，此時也爬了起來，但再也不敢對周宣說狠話了，很是忌憚地退開了幾步。張天遠更是尷尬地拿著手槍，不知道是放下還是繼續拿著好。

門一開，幾個陌生人守在門兩邊，手中還持著槍，一個五十歲左右的男子威風凜凜走了進來，一看到周宣便問道：「小周，你沒事吧？」

周宣搖搖頭道：「沒事，就是有個問題……」

來的人自然就是李雷了，一聽到周宣的話，當即詫道：「什麼問題？你說。」

周宣當即指著張天遠說道：「他們的人想要對我動手刑訊逼供，我就把他們揍了一頓，

這……有沒有問題？」

李雷嘿嘿一笑，說道：「這當然有問題了，把他們打流血了，得買點藥擦一擦吧？」說著，從口袋裏掏了一百塊錢出來，放到張天遠面前的桌子上，然後對他說道：「這一百塊錢，拿去買紅藥水。」

李雷當然知道周宣有異能，這些人想要傷到他，也沒那麼容易，而且這件事情，從始到末，他都占了上風，鬧到上頭，黃玉群肯定不好受。

張天遠一見這些人便嚇了一跳，比周宣對他們動手還要更吃驚。因爲這些人手中都端了槍，那種半自動衝鋒槍，殺傷力極強。這種配置，只有部隊裏的特種部隊才有，若說是黑社會犯罪分子，那是無論如何也不會有的，再說，他們也不敢到警局裏來這樣做的。

「你們……你們是什麼人……不知道這是犯法……犯法的嗎？」張天遠顫著聲音問道，心裏也著實懷疑，他們到底是什麼人？

李雷也不隱瞞，把證件拿出來擺在張天遠面前的桌子上，冷冷說道：

「張天遠，城北分局局長是吧，我是軍區副司令員李雷，這是我的證件，好好看看吧。我來這裏，是有幾件事想問一下張局長。本來軍政是互不過問的，我也不是來胡鬧，第一，我兒子兒媳房間裏給你們的人安裝了竊聽裝置，這件事，你怎麼解釋？第二，我兒媳婦的哥哥，也就是這位周宣周先生，不知道他犯了什麼法，你們要強行拘人？第三，你們負責監控的人，一共是四個人，被我人贓俱獲，當場抓到，也得到了他們的供詞，現在確定是你張天遠主使的，我問你，你有什麼話說？」

張天遠一下子就差點癱了。李雷的身分讓他害怕到了極點。

他是幹這一行的，對證件的真偽是最能辨識的，一眼便知道這是真的，而且李雷手下拿的那些槍械，在國內，任何的犯罪分子也不可能擁有這麼多槍械，還敢公然闖入警局。最關鍵的是，張天遠對周宣做的這件事，確實是違法了。

如果是按規章辦事，他自然是沒有好怕的，身正不怕影子斜嘛，坐得正就行得直，管你是什麼人，沒有半點好怕的。但此刻，張天遠腦子裏成了一團漿糊，李雷的身分和來意，讓他知道自己惹了大禍。

說到底，他還是輸給了周宣的能力，輸給了對周宣的不瞭解。同時，他也是被黃玉群的勝利沖昏了頭腦，沒想到失敗了的人，還有這種強有力的反撲。

不過，張天遠還存有最後一絲幻想，也許李雷這些人是犯罪分子，是冒充軍方的人，那樣，他還有翻身的機會。李雷當即拿出手機來，當著張天遠的面，給黃玉群打了個電話。

電話一通，黃玉群就笑呵呵地道：

「雷子，怎麼捨得給我打電話啊？是不是小時候我在你屁股上踢了一腳，現在想要來找我報仇了啊？」

李雷嘿嘿一笑，說道：「是啊，是來報仇了，你的人在我兒子兒媳房間裏安裝了監控設備，被我人贓俱獲，你說該怎麼辦？」

黃玉群顯然吃了一驚，給鬧了個措手不及，有些亂了步子：

「什麼？你……開玩笑的吧？嘿嘿，那怎麼可能……我可不會做這種事啊，是什麼人敢冒充我？這樣的人我決不輕饒！」

「嘿嘿嘿，我現在就在城北分局。」李雷不動聲色地又說道，「張天遠都說出來了，這一切都是你的主使，你還有什麼話說？黃玉群，我可告訴你，這事鬧到上頭去我也沒意見，先給你提前說一聲，免得到時你說我背後陰人。我李雷幹事從來都是光明正大的，你對我家人公然設置這些東西，是不是你老子指示你幹的？」

李雷的話是故意誇大，有意讓黃玉群自亂陣腳。黃玉群果然一下子就慌了，如果張天遠那王八蛋把他供了出來，那就真的麻煩了。

張天遠知道的事不少，而且這件事的確是事實，但他卻絕沒想要去窺探李雷的兒子兒媳啊！

「雷子，肯定是誤會了，誤會！我怎麼可能派人去監視你的兒子和兒媳呢？絕對不可能！我也實話說了吧，我是有安排人監視一下那個姓周的，可絕沒對你兒子兒媳動這個手的！」

「姓周的？嘿嘿，你說的是周宣吧？」李雷嘿嘿冷笑著道：「那我就告訴你吧，你說的這個姓周的，叫周宣，他的親妹妹就是我兒媳婦，是李爲的大哥，平時李爲都住在周宣家，你說這有沒有誤會？」

黃玉群一聽，頓時嚇了一跳，趕緊又說道：「雷子，你說的是真的？這……不可能……誤會誤會……」

周宣一聽到這裏，在電話中，又探測到另一頭的黃玉群在另外撥打電話的聲音。幾秒鐘後，張天遠身上的手機就響了起來。周宣立即便知道，黃玉群是打給張天遠的，趕緊便運異能弄壞了他的手機。

張天遠把手機取出來一看，螢幕黑黑的，以爲是沒電了，也沒多想，就又把手機揣進了衣袋中。

那一頭，黃玉群給張天遠打不通電話，一時更急了起來，對李雷急急地道：

「雷子，有事好商量，有話好說！咱們是打穿開襠褲就在一起的玩伴，這時不用下這麼狠的狠手吧？你……說說看，要什麼條件？你儘管提，儘管提。」

李雷哼了哼便道：「那好，這可是你說的啊？條件我先不提，人我帶走了。張天遠我也可以放過他，你自己處置，不過他手下的那四個人，連同監控設備那一批贓物，我先扣留著，等你把條件辦到了，再還給你們。」

黃玉群無可奈何地道：「那好，雷子，我等你的消息。」

李雷是故意要讓黃玉群著急一下的，讓他發一下慌也好，二來，要說的條件也沒想好，得回去商量一下才能決定。

從城北分局撤出後，一行人上了在外面停著的三輛吉普車，先往李雷家去。

有些事在周宣家裏說不方便，畢竟周宣家人還不知情，說出來會讓他們害怕。

在車上，李雷才對周宣說道：「小周，在那兒沒受到委屈吧？一得到你的電話，我就馬上帶人趕來了。」

「沒有。」周宣笑笑道，「我還從來沒有這麼囂張過，這也是因爲張天遠太無禮了，從一開始就想對我拳腳相加，我自然就不客氣了，反正以後也沒打算要跟他們和好。有些對手始終是對手，永遠都不會成爲朋友。」

李雷笑笑道：「沒事，這些傢伙又不是真正爲公事，他們都是受了黃玉群和張天遠的教唆，不值得同情，打便打吧，打得狠一點，或許才能把他們打醒呢。」

周宣又道：「特別是在審訊室房間裏那個男的，一進來就拿了電棍想要電我，結果被我奪下電棍把他電個半死，在那兒爬都爬不動。」

說到這兒，周宣都有些忍俊不住，笑了笑後，又對李雷道：

「李叔，我想問一下，你要對那個黃玉群提什麼條件？」

李雷沉吟了一下，然後說道：

「小周，這個黃玉群是市委副書記，他老頭子是跟我爸和魏老爺子一樣的人物，雖然退居二線，但還是一個動不得的人，所以，真要跟黃玉群來個魚死網破，那肯定是不划算的。你傅大哥的事已成定局，無可挽回了，所以在這件事情上，我們沒必要一條道走到黑，不如向他要些好處，暫時就這樣算了。

以我們這次的優勢，最多也只能把他逼得難堪一點，高層最後還是會找一個替罪羊頂罪而已。憑這件事還扳不倒他，不過把事情攞到明處了，對大家也都有好處。所以我想，你是不是提個條件，這件事是你吃了虧，這條件當然也得由你來提了。」

周宣嘆息了一聲，沉默了一陣道：

「算了吧，既然傅大哥的事已無法挽回，我再怎麼做也沒意思。那個張天遠只是一個棋子，無關緊要。這個條件，我看就由洪哥來提吧。我想，這個黃玉群是衝著他去的，他提的條件才算是條件。這也算是我在走之前，送給老爺子最後的禮物，也算是對魏家、對老爺子、對洪哥有個交代。」

李雷嘆了嘆，周宣與一年前的性格當真是改變了很多。那時候，他第一次見到周宣時，周宣還有年輕人的衝勁、傲氣，但現在的周宣，似乎稜角都被磨光了，爲人處事的胸懷也更

大了些。

「行，這件事就交給我來辦吧。我跟魏老三也方便說一點，該怎麼樣就怎麼樣吧，讓他自己拿主意，你對魏家也算是仁至義盡了。」

李雷是明白周宣和魏家的恩怨的，以前不好說是哪一方欠哪一方的，但是這一次，在傅遠山這件事上，魏海河傷了周宣的心，如果不是老爺子、魏海洪以及魏家姐妹，周宣真的會與魏家一刀兩斷。

老爺子去的時候，周宣親眼看到，老爺子雖然說不出話來，但眼裏對他充滿了求情，周宣知道，老爺子雖然對魏海河生氣，但對魏家的後事，卻是死也放心不下的。周宣當然不會坐視不管，尤其是在遇到難關的情況下。不過這一次，也可能是最後一次了。

在李雷家裏吃了晚飯，然後他就跟李爲、周瑩一起回來了。

張天遠的事就不用他再理會了，一切交由李雷和魏海洪協商解決就夠了。周宣甚至沒有去見一見那些被他控制後又交給江晉等人帶走的林隊長幾個人，索性撒手不管了。

回到宏城廣場的別墅後，周宣把父母弟妹、李爲、李麗、傅盈還有劉嫂都叫到了一起。

在客廳裏，周宣沉沉地說道：「爸，媽，弟妹，李爲，小麗，劉嫂，今天算是我們周家正式開一個家庭會議吧。」

大家都覺得周宣的表情很嚴肅，也都沒有說話，等他再繼續說下去。

「首先，我要說的是，爸媽，我決定要走了，這棟房子，就留給弟妹來處理吧。賣得的錢，你們兄妹倆各自一半。公司的股份收益我也安排好了，弟弟和妹妹，兩家一樣。我將所有收益分紅的一半拿出來分給你們，剩下的匯到我賬上。爸媽跟我一起，公司所有經營決策上的大事，都需要有你們四個人一起決定，要全票通過才可以執行，再就是……」

周宣說到這裏，從衣袋裏掏了一張銀行卡，拿出來遞給劉嫂，然後說道：

「劉嫂，這近兩年的時間裏，你無微不致的照顧我和我的家人，很多事不是用錢能說得清的，但在這裏，我只能用一點錢來感謝你。這張卡裏有一百萬，是我給你的，希望能幫得上一點忙。我們走了之後，也希望你能到我弟弟家裏，繼續照顧他們一家人，小麗的爸媽也都是老實人，你到那裏我也很放心，但如果你不願意，那也沒關係。」

劉嫂拿著銀行卡，眼中都濕潤了，兩年中，她在周宣家，幾乎就跟一家人沒有區別，周家人從沒拿她當下人，而且周宣給的工資遠比別家高，這次又給了她一百萬，有哪個老板能做得到？

劉嫂擦了擦眼淚，然後說道：

「小周，我知道你們一家都是好人，我在你們家做不到兩年，工資和獎金以及平時給的，都超過了五十萬，在城裏打工的老鄉們，沒有一個比我拿到更多的，甚至那些讀博士的

大學生都沒有我的工資高，這都是你的好意，我很捨不得你們，但是天下沒有不散的宴席，我只能祝福你們，另外……」

劉嫂又對周濤和李麗說道：「到周濤和小麗家去幫工，只要小麗不嫌棄，我十分願意。」

李麗平時在家裏就很極積地幫忙做家事，她也是窮苦人家出身，沒有架子，而李麗的爸媽也來過周宣家裏好多次，劉嫂見過，都是老實人，很好相處，再說待遇，就算周濤李麗沒有周宣那麼大方，但基本的工資是絕對不會少的，自然願意。

周宣一見劉嫂願意，便也放心了。周濤也說道：「劉嫂，你放心，我哥怎麼對你的，我一切照舊，不會讓你吃虧。」

金秀梅和周蒼松夫婦也是嘆息不捨。說實在的，這兩年來，在城裏也熟悉了，忽然間要走，還真是不捨，不過對於兒子的安排，他們自然是不會反對。

只有周瑩哭哭啼啼抱著金秀梅捨不得，金秀梅也只是嘆息著撫著女兒的頭。傅盈也緊緊抓著她的手，但又不知道如何安慰。

周宣笑笑道：「妹妹，你哭什麼呢？我們又不是不回來了，我帶爸媽一起走，是覺得爸媽年紀大了，該享享福了，我想讓爸媽跟我們到世界各地旅遊，輕鬆地度過晚年，爸媽操了一輩子的心，也夠了。」

第一五一章

後繼有人

以前她對周宣的印象就不錯，只是周宣在紐約的時間太短，
這次聽老爺子說孫姑爺一家人都要到紐約長期定居，
最令人高興的是還帶回來了兩個少爺小姐，
這可是傅家兩個老爺子最喜歡的，傅家總算後繼有人了。

一個星期後，周宣一家六口乘機飛回武當山的老家，不過原來的老房子已被趙老二賣掉了，周宣要回這邊，不過是想帶父母回老家先散散心，然後再轉道前往紐約。而傅盈和周宣並沒有先通知在紐約的傅家人，因爲傅盈想給家人一個驚喜。

在武當山遊玩了兩天，這一次再來，心境又大不相同，小女兒思思在懷中睜著眼睛到處看，雖然才一個多月，但精神好得很。而小思周則咿咿呀呀學著叫「媽媽」。

第三天，一家人再去探望了周宣的舅舅等親戚，送了些禮物，第四天便到機場搭機到漢口，然後再轉機直飛紐約。

到這時，周蒼松夫妻才知道兒子是要帶他們到國外去。心裏雖然惴惴，但兩人卻也不覺得彆扭，到紐約，肯定是住到媳婦娘家裏去。

以兒子的能力和財力，也不是養不活家人，倒也不用看別人臉色。而且，媳婦傅盈又孝順懂事，她的家人在傅盈結婚時也來過，都對周宣疼受有加，應該不會嫌棄他們的。

從紐約國際機場下機後，傅盈便成了主角。因爲周宣和父母都不會英語，傅盈叫來兩輛計程車，先說了目的地，然後請公公婆婆一輛車。周蒼松抱了小思周，傅盈和周宣一輛車，周宣抱著小思思。

周蒼松和金秀梅在車裏左右直瞧，大街上，兩邊的建築與國內大不相同，很新鮮，路上也儘是金頭髮藍眼睛高鼻子的洋鬼子。

直到進入唐人街後，黑頭髮黃皮膚的東方人才多了起來，而且街邊店面也大多是漢字的廣告招牌了。

在傅家大宅前停下車來，看看面前這棟宏偉的建築，金秀梅和周蒼松張大了嘴，這棟豪宅可比兒子在城裏的別墅更宏偉了。

傅盈在門上按了一下門鈴，院子裏走出兩個人來，看樣子是傅家請的保鏢。他們在鐵門後看著傅盈這四個大人、兩個小孩的古怪場面，有些驚訝又有些警惕地問道：

「你們是誰？」

傅盈不認識這兩個保鏢，大概是新來的吧，她都兩年沒回來了，家裏也變了大樣，有點物是人非的感覺。

「我是傅盈，他們是我先生以及公公婆婆，趕緊開門，稟報我爺爺，就說我回來了。」

那兩個保鏢一怔，傅盈的名字可是聽說過，傅家的寶貝孫女嫁到中國去了，老是聽傅天來說起過，不過，她真的是傅家孫女嗎？

但瞧傅盈的樣子，又有點像。因爲傅天來廳堂裏掛的那一塊大匾裏，就是傅家人的全家福照片。傅盈那種驚人的美麗，無論什麼人看了都不會忘記，現在瞧瞧，對比一下，相貌是一樣的，但氣質就有所不同了。

這當然不同。傅盈那時候是沒結婚的未婚女子，又驕傲又冷冰，而現在卻是一個女兒的

媽媽，跟周家人相處久了，連冷冰驕傲的性格也完全轉變了，所以這兩個保鏢會覺得有些意外。

不過，他們也不敢怠慢，一個保鏢趕緊進去稟報，一個保鏢就打開大門，傅盈對自己家裏自然是熟得很，周宣也不陌生，因爲他之前來過，兩人在前邊帶路，帶著周蒼松和金秀梅往裏走。

還沒走到裏間，在院子中時，傅天來的聲音就傳了過來：

「盈盈……你……你回來了？」

聲音又是顫抖又是驚喜，跟著人就出現在大門口，一手還挽著傅玉海。

兩個老人家，一對老父子，兩人都是白髮滿頭。傅玉海是老而慈祥，而傅天來卻是莊嚴威凜，傅家財團的掌門人，有威勢是正常的。

傅盈一見爺爺和祖祖都顯得更蒼老了，眼淚頓時止不住奪眶而出，幾步跑過去就一頭扎進傅天來的懷中抽泣道：「爺爺，祖祖。」

傅天來撫摸著傅盈的頭髮，一邊嘆息一邊說道：

「盈盈，周宣，你們兩個真是狠心，也不過來看我們，你看你的祖祖，想你、念你，都吃不下飯、睡不著覺了。」

傅盈只是哭，周宣微笑著站在後面，心裏感慨著，傅天來和傅玉海父子倆人的確蒼老了幾分。

傅天來輕拍傅盈肩膀，然後說道：

「盈盈，別哭別哭，看看，你公公婆婆都來了，你回來了那就是主人了，可不能失禮，還有，這兩個……哎呀……」

傅天來這才察覺到，周宣和周蒼松懷裏各自抱著一個小孩，這一喜當真是非同小可，把傅盈鬆開了，趕緊幾步走上前，從周宣懷裏抱過小思思，然後問道：

「周宣，這是……」

「爺爺，這是您的外曾孫女，那個……」

周宣介紹了懷裏的這個，然後又指著周蒼松抱著的小思周說道，「那個是您的外曾孫，一個一歲，一個剛滿一個月。」

周宣說起小思周時，便將小思周的歲數說大了幾個月，這樣的話，傅天來就不會有所懷疑。傅盈因為擔心祖祖年歲高，懷孕生孩子的事，也沒跟家裏人提起過。

傅天來當真是喜得嘴都合不攏了，抱著小思思親了又親，看了又看，粉嘟嘟漂亮無比的小孩兒讓他心花怒放，然後把小思思遞給老父傅玉海，老人家手腳顫抖地接過小思思，忍不住老淚縱橫。

傅天來又到周蒼松面前把小思周接過來，小傢伙一點也不怕生，一雙眼緊緊地盯著傅天

來，傅天來笑呵呵伸了手指觸觸他的小臉蛋，說道：

「叫外曾祖父，小傢伙，長得真俊啊，有點像盈盈。」

傅盈見爺爺和祖祖都在逗弄小孩，一顆心也全落在了小孩子身上，那種喜悅不是裝的，而是實實在在出自於內心。

這麼多年來，傅盈是知道爺爺的心思的，就是想她早點結婚，早點生孩子，讓傅家有後。所以，這一下子見到兩個外孫，自然是喜歡得過分了。看來這次周宣舉家過來是對的，傅盈又是含情脈脈地看了看周宣，兩人相視一笑。

在小思周的事情上，周宣和傅盈早囑咐父母過了，小思周就說是傅盈親生的，年歲說成是一歲大一點，小思周本來身體就健壯，比同齡的小孩看起來還真要大一點，所以也瞧不出有什麼不妥。

傅天來與傅玉海老父子倆人抱著孩子喜悅不盡，兩個孩子一男一女，剛剛好，又是那麼可愛，當真是想不到，這寶貝孫女傅盈不僅回來了，而且還給了他們更想要的小外孫！

逗著孩子好一陣，傅天來才忽然又想起，周宣一家人還都站在這裏呢，當即一拍額頭道：「看我這記性，盈盈，趕緊招呼你公公婆婆到裏面坐下來，叫王嫂趕緊準備吃的！」

傅玉海雖然百歲高齡，但身子骨還是很硬朗，當然，他這是因為周宣曾經替他改善過體質的原因，又因為他跟魏老爺子不同，魏老爺子操心家族事業，關心兒子們的前途，操心勞力，最後是心力交瘁了。而傅玉海可就沒那麼多的煩心事，早年是牽掛親哥哥傅玉山的下落，而周宣幫助把傅玉山的屍骨找回來後，他就放下了心中的事，轉而只想傅盈了。

今天傅盈不僅人回來了，還帶回來兩個漂亮活潑的兒女，如何又不喜啊。

傅盈也趕緊收了淚，拉了金秀梅，同周宣和公婆一起進入客廳。

在國內，周宣別墅裏買的傢俱用品都是最時髦的，而傅家的傢俱都是老紅木、紫檀木等等價值萬金的古樸傢俱。只有周宣知道這些傢俱的價值，而周蒼松和金秀梅是半點也不懂，甚至連紅木和紫檀木都沒見過。

傅家的老傭人王嫂，是看著傅盈長大的，見到傅盈回來了，還帶了兩個這麼漂亮的一對兒女，也是涕淚交流。

周宣坐下後，然後對傅天來說道：

「爺爺，祖祖，這次我跟盈盈回來，還帶了我父母，準備就在紐約這邊定居了，不知道爺爺歡不歡迎？」

傅天來一呆，彷彿沒聽懂一樣，忍不住問道：「你說什麼？」

他下意識有點不相信周宣的話，因爲以前他就知道周宣是個思想很傳統的人，要他放棄國籍到紐約來生活，肯定是不會答應的，那時，他甚至以傅家所有的財產來誘惑他，結果財產是轉到他名下了，但人卻依然留不下。

不過，傅天來絲毫不擔心，因為周宣是個守信義又不貪財的人，對傅盈又是真心的，信得過，而且，周宣自己的財富也同樣驚人，只是這個人實在沒有財富意識，要是換了傅天來的生意頭腦，再加上周宣的能力，幾年間就能坐穩世界首富的位置。

傅天來呆了呆，看著周宣笑得很燦爛的笑容，又看了看孫女傅盈的喜悅表情，眼圈忽然濕潤了，說道：「你……你們真的要在紐約住了？不回去了？」

周宣笑笑道：「爺爺，也不是不回去了，以後有空或者我弟妹有事，我們還得回去看看，探探親。如果爺爺不反對的話，我們一家人就留在紐約給爺爺、祖祖養老了……」

傅天來大喜若狂，連手指頭都有些哆嗦了，大聲道：「不反對不反對，怎麼可能會反對呢，你看你祖祖一天到晚都在念著盈盈跟你，沒想到你們還給我們來一個驚喜啊？」

傅天來和傅玉海一邊跟周宣傅盈聊著，一邊興奮地逗弄著兩個小孩，樂不可支。

一邊坐著的周蒼松和金秀梅也都鬆了口氣。兒子兒媳貿然帶他們來到紐約，要是親家這邊不歡迎，不高興，那可怎麼辦？現在總算是放心了，看兩個老頭看到小思周和小思思的樣子，恨不得抱在懷中就不鬆開了，絕對不是做作，也絕對不是假裝的。在家中也都是說中文，溝通不成問題。實在不能適應，再說回國的事吧。

周宣看到一屋子的喜悅和氣，呵呵一笑，心裏也放鬆了，笑著站起來走到後院裏。

這裏是傅玉海的地盤，種植了無數的奇花異草，院子邊還有一把躺椅。

周宣坐到躺椅上搖了搖，很舒服，鼻中聞到無數的香氣，陽光雖烈，但院子裏涼風習習，一點兒也沒覺得熱。

花香以及別的樹草味道傳入周宣的鼻中。周宣伸了個懶腰，幾乎便要進入夢鄉了，一身的輕鬆暢快，忽然間，鼻中又湧入一絲氣息，腦子裏一清，有一種神清氣爽的感覺，覺得異能氣息有點躍躍欲試的味道。

周宣頓時一點睡意都沒有了，一下子坐了起來，再深深吸了口氣，空氣中，這種味道斷斷續續，似有若無的。難道是有黃金石之類的東西在這院子裏？

周宣興致勃勃的跟著這氣味追尋過去，一邊在花草樹木中穿行，一邊仔細尋找著。

這個院子相當大，傅玉海又種植了數十年的奇花異草，有的樹有十幾米高，有的藤蔓一片。

周宣慢慢尋找過去，終於在後院的高大院牆邊找到了這氣味的發源地，就是在牆角下的地縫中。

這裏是院子裏最偏僻的地方，牆角邊長了滿叢的植物，大約有半米高的樣子，那些味道就是從這幾株植物上傳出來的，而在這些植物前邊，又有一排一米來高的蘭草，擋住了那些植物。

周宣並不認得這種植物，但那些氣味讓他的異能很興奮，那就有些不平凡了。想了想，他伸手從那種植物上採摘了一片葉子，然後拿到鼻下聞了聞。

不錯，拿到鼻端的葉子，那種氣味更加濃烈。周宣當即用異能探測起來，在這片葉子裏面，那種氣息確實讓他興奮，但奇怪的是，這葉子裏面的細胞組織卻又沒有什麼奇怪的地方，既然能探測得進去，那就表示這植物並不是跟黃金石等外星物體一樣的性質了。

這就更值得探尋了，能讓異能興奮卻又不是外星物質，這樣的事，周宣可是還從來沒有遇見過，趕緊把異能運起，再去探測這些植物。

在牆角的地下，這些植物的根部生長著番薯一樣的果實，其中最裏面，也是最深的一株果實，長有半尺，而其他的五六顆就跟拳頭一般大小。

因為這些果實生長在地底下，所以周宣只能探測到它的形狀和構造，聞不到它的氣息，不知道這果實的氣味又是怎麼樣呢？

周宣興趣一來，頓時便抑制不住了，左右看了看，找不到什麼工具，於是又回到屋子裏，看到兩名在院子口大門處吸菸的保鏢，便問道：

「大哥，有沒有挖掘工具？」

那保鏢呆了呆，隨即搖搖頭道：「沒有，家裏又沒有土要挖，怎麼會有挖掘的工具呢？」

看到周宣皺了皺眉的樣子，那保鏢馬上便又說道：「周先生，如果您需要，我馬上到外面的工具店裏給你買一把鏟子回來？」

周宣馬上點點頭，喜道：「好好好，那我給你錢。」說著掏出皮夾來，不過打開看時，卻有些不好意思，裏面就幾張人民幣，在這兒是沒法用的。

那保鏢很識時務，趕緊說道：「不用不用，一把鏟子能值多少錢，我馬上去買，周先生等一會兒就好。」

周宣笑了笑，又回到客廳裏。

此時，一家人在這兒聊得正高興，最帶動氣氛的還是兩個嘰嘰哇哇叫的孩子。在這個超級富貴的家庭中，從來就沒有這樣的生氣，兩個孩子的到來，讓這個家沸騰了。

周宣抽了個空檔，湊到傅天來身邊問道：「爺爺，院子裏的植物，我可不可以挖啊？」

傅天來一怔，隨即說道：「你挖那個幹嘛？你問你祖祖吧。那院子的植物是你祖祖的寶貝，都是他親手種的，每次在外面見到喜歡的植物，不是挖回來種就是買回來，幾十年下來，一個大院子就給種滿了。」

傅天來對種植花草並不感興趣，主要是傅氏財團的事務太多，又太忙，根本就沒有心思。

最近公司的業務在歐洲有很大發展，傅盈的爸媽都到那邊主持事務，幾個月都不回來一

次，家裏冷冷清清的，老爺子傅玉海一直是孤孤單單、悶悶不樂的，直到今天傅盈突然回來了，他才樂不可支。

周宣摸摸下巴，笑吟吟地問傅玉海：「祖祖，院子裏的植物，有一種我想挖挖看，您說可不可以啊？」

「什麼植物?我看看。」傅玉海抱著小思思，一邊站起身，一邊又說著。

周宣便和傅玉海一起來到院子後邊的牆角邊，周宣指了指牆角裏邊蘭花草後邊的植物，說道：「祖祖，就是那種植物，我不認識，是什麼東西啊？」

傅玉海仔細一看，也有些發怔，這種東西他也沒見過，不是他曾經栽植的植物，想了好半天，然後才遲疑著說道：「這東西……我有些不記得了，但肯定不是草，這一塊，這個牆角，我很多年都沒來弄這裏了，我想想看……」

傅玉海皺著眉頭想了起來，許久才似乎記起了一點，沉吟著道：

「很早的時候，應該是六十多歲的時候吧，那時候，中國武館的劉東劉館長從國內帶了些人參、茯苓、何首烏等藥草種子過來。他是開武館兼開中藥店的，這些藥草是他準備自己種植培養的，我順便在他那兒要了些回來，種在了牆角邊的位置，不過，這一類種子是很難培植成功的，後來我見它們沒有長出來，便忘了這事，一直到現在，都沒再想起來過，不知道是不是那些種子長出來的藥草呢？」

傅玉海雖然播了種，但實際上卻是沒有見過，在國內的傳說故事中，人參何首烏這一類都是屬於仙草，有起死回生的功效，一般人又哪裡見得到？雖說以傅玉海的財力買人參等高級補品是沒有問題的，但他也沒有親眼見到過活生生長著的人參及何首烏。

周宣自然也沒有見過，但他能探測到這些植物的根部，想了想，然後又說道：「祖祖，我讓保鏢去買了鏟子回來，我想把這個挖出來看看，這東西很有些古怪，按照祖祖的說法，說不定是珍貴的藥草呢。」

傅玉海抱著小思思，然後說道：「你挖吧，這東西不是我栽植的，又不認識，挖了便挖了。嘿嘿，其實只要你跟盈盈回家來住，別說挖這麼個東西，你就是把這個院子翻過來，我也沒意見。」

周宣笑了笑，又道：「祖祖，這些都是您的寶貝，我哪會胡亂挖呢？我只是見這東西很奇怪，葉子又散發出中藥的味道，所以才想挖來看看。」

這一會兒間，那保鏢已經把鏟子買回來了，這種鏟子是部隊用的特級軍工鏟，又輕巧又實用。

周宣接過來，然後說道：「謝謝你啊，明天我換點美金再……」一想到他剛剛說的話，覺得提錢就沒意思了，於是轉了口道，「等明天我請你吃飯喝酒。」

那保鏢倒是沒有意見，也笑了笑道：「周先生，您慢用，我出去了。」

周宣接過鏟子，然後小心地把蘭花扒拉在一邊，正要挖鏟時，小思思似乎是不高興了，「哇」的一聲哭了起來，傅玉海便慌了，哄了幾下，但小思思絲毫不賣面子，哭聲更響。

周宣笑道：「祖祖，您抱回去給盈盈吧，我媽也在，小思思可能是餓了，餵點奶粉就好了。」

傅玉海趕緊把小思思抱進屋裏去，那動作一點也看不出來像是一百歲高齡的樣子，倒像是五六十歲的樣子，雖然是老人，但卻不是老得不能動彈的地步。

周宣剛剛在廳裏見到傅玉海和傅天來的時候，見他們都蒼老了不少，早運了異能給他們再激發改善了體質，雖說用處沒有以前用時那麼強，但也好過於無。

傅玉海抱著小思思回到客廳裏後，院子裏就剩周宣一個人，當即提了鏟子挖掘起來，這些牆角老泥很緊，挖了一陣子，累得汗水都流出來了，也沒挖出來，還險些把裏面的果實鏟傷。

周宣想了想，忽然暗罵自己是傻子，放著異能不用，累死自己那真是無話可說了，當即運起異能，把最前面兩株植物的果實被包住的泥土轉化吞噬了，這便不會損傷到半分植物，又把植物輕巧地提了出來，拿到眼前再細細地觀看起來。

果實上的味道遠比葉子上的濃，聞到鼻中時，異能更是跳躍興奮，看來這東西還真是有大補的效用。

這時，周宣基本上肯定了，植物裏含有極強的滋補成分，這就極有可能是傅玉海所說的「人參，茯苓，何首烏」等等植物，按照在書中看到的情形來估計，這東西極有可能是何首烏。不過肯定不超過百年，千年就更不用提了。再說，在這個院子裏，也不可能是年數太長的，可能就是傅玉海幾十年前從武師那兒要到的種子長出來的。

如果真是何首烏的話，那麼真長到了千年後，又會是什麼樣子？難道還真能成精長成人形嗎？這個東西能不能吃呢？

周宣想了想，索性摘了幾片葉子，然後送進嘴裏咀嚼著，反正異能嗅到就有興奮感，不如吃一吃試試效果，看是好還是壞，因爲自己身有異能，如果有什麼不對，也可以用異能把毒素解化掉。

周宣把葉子放進嘴裏嚼了一陣，舌尖接觸到葉子汁水時，那種強烈的興奮感更強了些，汁水中含有一些讓他特別興奮的物質，這種物質不是刺激他，而是明顯感覺到異能分子在這種汁水的滋潤下壯大了些。

只是這葉子中包含的物質實在是弱小了些，很淡很稀少，周宣的念頭便轉到了手中那兩顆番薯樣的果實上了。

周宣抓著這兩顆果實想了想，要不要再弄點到嘴裏嘗嘗，然後再吸收一點？只是那葉子的味道不好，有些苦澀，這果實自然也好不到哪裡去。

想了想，不如拿去煲湯吧，加些別的湯料，燉點大補湯出來，順便給兩位老人家、父母以及盈盈等人都嘗一嘗吧？興許也能滋補到他們呢。

這種植物既然對自己的異能都能滋補，想必對人類的身體也有滋補作用吧。

既然這東西是好東西，有大補的效用，周宣也就不想把另外的五六株全部挖出來了，先留在地裏種著再看看，先拿兩顆試試。又想到自己異能可以把異能保存在不是自己身體的另外的物體中，以前做過異能子彈，現在不如把異能凝聚一點放到那幾株植物的果實中，看看異能滋補後，它們有什麼結果。周宣運起異能凝結成幾團，然後分別注入牆角那些有可能是何首烏的植物裏，然後把弄出來的兩個薯塊一樣的莖果拿回去。

傅天來、傅玉海兩老父子在興奮勁過後，這才想起要招呼周蒼松夫妻，當即把周蒼松夫妻倆叫到身邊坐下來聊家常。

因為周宣這次過來十分匆促，只辦了護照簽證，傅盈跟傅天來一說，傅天來當即笑道：「只管住下就是，這事我來辦。」

只要孫女婿來這兒住下不走了，對傅天來說就是天大的喜事，辦綠卡什麼的，對他這種超級富豪來說，是再簡單不過的事了。

周宣這次把父母都帶來了，傅天來更是高興，孫女的公婆都來了，那就表示再也沒有後顧之憂了，自己讓周蒼松夫妻在這裏安定下來，周宣以後就是想走，那也走不了啦。

傅天來當然想不到，周宣是厭倦了國內的那種明爭暗鬥，尤其是這次，魏海河太傷他的心了。作爲極易動感情的周宣來講，魏海河的這種選擇是他所不齒的，只是他也不能反對，因爲對傅遠山的愧疚，也讓周宣下了決心遠走他鄉，投奔岳父母一家。

傅盈的父母還不知道傅盈回來了，要是知道的話，只怕也要立即飛回來了。

不過歐洲的事務太多太繁雜，也走不開，所以傅天來也不給他們打電話，反正傅盈一家人都回來了，而且決定在紐約定居不再走了，那就無所謂了。

現在大家都興奮得不得了，尤其是傅玉海，過百歲的高齡再見到傅盈的兒子女兒，一對這麼可愛的小孩，也就什麼都忘記了，只是抱著小孩不鬆手，比傅天來還要愛不釋手。

周宣也不跟他們閒聊，自己到廚房裏跟王嫂了要了些煲湯的料，然後親自把兩個莖塊洗乾淨了切成片，放入湯煲裏開始煲湯。

王嫂有些奇怪，這個孫姑爺年紀輕輕的，什麼愛好不好，卻偏要來弄什麼下人做的事？不過見周宣虛心恭敬地向她請教煲湯的方法，自然傾囊相授。

以前她對周宣的印象就不錯，只是周宣在紐約的時間太短，而這次聽老爺子說了，孫姑爺一家人都要到紐約長期定居了，也是很高興，家裏多了幾個人很熱鬧不說，最令人高興的是還帶回來了兩個少爺小姐，這可是傅家兩個老爺子最喜歡的，傅家總算後繼有人了。

第一五二章

返老還童

周宣哈哈笑著，又說道：

「你們聊，我再去弄弄那東西，還有幾顆，我再接著煲湯，

讓祖祖和爺爺的頭髮全部變黑，來個返老還童。」

雖然是說笑，但周宣卻真有那個心思，

他的異能激發在老爺子那兒已經得到結果了。

周宣煲的湯中，放了不少大補藥品，一直到煲了三四個小時後，周宣才用異能感覺了一下，那煲鍋裏的湯汁讓他的異能跳動不已，看來效用又增加了不少。

他不禁有些興奮。這個湯可能跟他用異能去激發改善人體有相同的效果。

把火關了，再等了半小時，湯的溫度稍稍降了一些，周宣才將之緩緩倒入小碗，不過這些碗都沒有倒滿，每只碗裏都只有一小半。

周宣自己端了一碗嘗了嘗，然後又用異能感應著，看看湯汁下肚後在胃中有沒有過敏反應，或者是不適應的感覺。

如他所想，那湯汁在胃裏，被胃細胞吸收後，周宣很清楚地感應到，胃吸收那湯裏的藥力後，很快進入到心肺，再到血液中。

這個過程很慢，因爲周宣有異能，所以他的體質遠超普通人，不能以常理論，藥力通常在他身體裏運行的時間，比普通人的運行時間至少會低幾十倍，甚至更多。

而且，周宣也能比普通人更完全地吸收了這個藥力。現在，周宣感覺異能已經有些不同了。但是到底在哪裡有不同，周宣也不清楚，但就是覺得不同了，而且有很大的不同。

但運起異能檢查時，周宣卻又不知道是哪裡不同了。想不出也就算了，反正自己也不急。

周宣把湯汁倒完了，瞧了瞧王嫂，端了一碗遞給她說道：

「王嫂，我覺得這湯不錯，你喝一碗嘗嘗？」

王嫂是親眼見到周宣用心燒這補湯，不管好不好喝，總是他的一番心意，而且以他的身分來講，請她喝湯也是一件有面子的事。

王嫂笑呵呵謝了，端起湯來慢慢喝下。這湯有濃郁的中藥味道，並不好喝，但也不是很難喝，總之不算是美味。

周宣笑嘻嘻地把剩下的湯用托盤盛了，然後端到客廳裏去。

客廳裏仍舊熱鬧異常。傅天來、傅玉海、傅盈、周蒼松夫妻倆，五個人逗著兩個小孩，正說得高興，周宣端了湯出來。

傅天來很奇怪地盯著周宣問道：「周宣，你這是幹什麼？」

周宣笑笑道：「爺爺，祖祖，我特地煲了補湯，現學現做的，雖然不好，但是我一份心意。嘗嘗吧，每人喝一碗，如果不錯的話，明天我再來煮。」

看到周宣這個樣子，幾個人當然不會反對，每個人都端了一碗。

傅盈見到碗裏的湯黑漆漆的，皺著眉頭道：「周宣，你這是什麼湯啊？顏色真難看。」

周宣哈哈一笑，說道：「盈盈，喝吧，你喝了可以養顏美容，爺爺祖祖喝了延年益壽，爸媽喝了效果一樣，我這是特地煲的美容益壽的大補藥，新發明！」

聽周宣這麼一說，像是說笑的，但傅盈知道周宣從不做沒有理由的事，雖然說這湯不一

定好喝，但肯定有什麼作用，再不濟，這也是周宣來傅家第一次做的家事，就當是盡孝心吧，那也是一個心意。

既然是心意，那她就不能拒絕，否則在傅玉海、傅天來面前也不好，還是喝了吧。傅盈強忍著不適應的感覺把湯喝了。

這湯的味道確實不怎麼樣。傅天來和傅玉海倒是無所謂，老年人，口舌的味覺要差了很多，即使有苦味，或者味道差一點，也沒太大感覺。周蒼松和金秀梅夫妻也差不多，就跟吃苦瓜一樣，苦味過後，就是清涼的感覺了。

幾個人把湯喝了，還剩下好幾碗。

周宣想了想，又端了到院子前，讓那幾個保鏢也各自喝了一碗。那幾個保鏢受寵若驚，連忙謝過接下碗，將之喝下。

周宣知道，這藥的效果會很慢，而且普通人的身體消化吸收也會慢得多，要讓身體有舒泰適意的感覺，可能會到明天吧，至少也得十幾個小時才能吸收到血液裏。

晚上又是一頓大餐。請來的是紐約五星級酒店裏最出名的兩個大廚，一中一西。這樣，周蒼松夫妻既能嘗到中國的傳統名菜，又能吃到最好的西餐菜色。

傅天來還特地高價請了兩個經驗極佳的華人婦女來伺候小思周和小思思，這可是他的命根子。有了這兩個小孩，傅天來忽然感覺他老了，很想退下來，以往的雄心也減弱了，只想留在家裏照顧小孩。

其實，這一切都是周宣在潛移默化地影響他。在周宣身上，傅天來感覺到了家人的溫馨和感情，他對金錢地位名利的嚮往也少了，到了他這個年紀，又有多少年好活了呢？掙得再多的錢，死的時候也不能帶走一分一毫，還不如多花點時間陪陪家人，帶帶孩子，陪陪老父，才是最讓他開心的事。

老父傅玉海一直是孤孤單單的，日日都在念著盈盈。傅天來很是痛心，但傅盈已經嫁人了，也要考慮到大家的情況，周宣又是個極有孝心的人，不能強求。但這次傅盈突然回來，讓傅天來喜極而泣，老父又再煥發青春一般，抱著小孩就不願鬆手。看到這個樣子，傅天來也欣慰了。

這一晚，一家人聊到了一點多，祖祖傅玉海仍然沒有睡意，以前他可是每晚準時在十點鐘睡覺，但今天實在太興奮了，兩個小孩早都睡著了，他還抱著小思思在懷裏捨不得放開。

傅盈知道祖祖的心情，也不說什麼，但後來看時間太晚了，這才同金秀梅一起把兩個小孩抱到房間裏去了，讓傅玉海回房睡覺。

傅玉海依依不捨的樣子，讓傅盈很是好笑，說道：「祖祖，您這麼喜歡孩子，我看就讓思周陪著祖祖睡吧，讓他陪陪老人家好了。」

傅玉海大喜，連連點頭，當即對傅天來說道：「天來，明天你讓人置辦一個小床到我房

間，就讓思周跟我睡。」

傅天來笑笑著答應了。

周宣和傅盈帶著小思思睡，原來在城裏的時候，小思周是跟著爺爺奶奶，也就是金秀梅和周蒼松夫妻帶著睡覺的，來了紐約，老夫妻倆當然不會跟傅玉海爭，跟誰都一樣，都是他們的孫子。

這一天搞得太晚了，又太過興奮，結果第二天，包括王嫂和一眾保鏢，一家人都睡到了九點多鐘。

大家都很奇怪，平時王嫂是起得最早的，從不貪睡，但今天卻很異常，好睡得很，一覺睡到了九點半。

醒來時還不知道，以為跟往常一樣，看了時鐘後才大吃了一驚。還有些不太相信，趕緊到別的地方看了一下，才發現是真的九點多了，十分驚訝。幾十年來，她從來沒有發生過這種事，太不尋常了。

但是，這種奇怪的情形還不止是發生在她身上，而是發生在傅家所有人身上。

以往她第一個起床後，第二個就是傅玉海老人家，起床後的第一件事，就是在後院裡蒔花弄草，呼吸新鮮空氣，但今天同樣的沒有起床。王嫂就想，有可能是昨晚鬧到太晚的原因吧？

不過，那些保鏢就不應該也是這樣了，他們有六個人，分了幾個班次輪值的，二十四小時都有人看守，但今天輪值的那兩個人也睡得跟死豬一樣。

周宣起床後，看了看表，推了推傅盈，說道：「盈盈，快十點了，起床吧，小思思也餓了。」

傅盈睜開眼，坐起身發了一陣愣，然後再瞧瞧小思思。女兒不哭也不叫，將一雙粉嘟嘟的小拳頭塞在嘴邊，吮吸得「咕咕」響，一雙寶石般的眼珠子骨碌碌轉動著，很是可愛。

「啊喲，真的快十點了？」

傅盈清醒過來後，才趕緊起身，一邊又對小思思說道：「哎呀，我的寶貝餓壞了吧，媽媽馬上就給你弄吃的。」

傅盈也是奇怪，以往她睡得再晚，也是九點就會醒來，不會再睡，一直也養成這個習慣，難道是時差的關係？在國內生活了一兩年，忽然回來紐約，會有些水土不服吧？

周宣望了望傅盈，嘻嘻笑道：「盈盈，我說我的大補湯有美容效果吧？你還不信，你看看，你臉上那兩點黑斑都不見了，更漂亮了。」

傅盈不信，生孩子這段時間，臉上長了幾點黑斑，很難看，昨天還照了鏡子看的，怎麼可能睡一覺就不見了？哼哼著到了梳粧檯前坐下來，對著鏡子看，這一瞧，還真是吃了一驚。

剛剛起床，應該是容貌最差最難看的時候，但現在鏡子裏的她，除了頭髮有些亂外，臉上的皮膚卻是恢復到往常一樣，水靈靈的，白裏透紅，猶如要滴出水來一般，本來就美絕的面容似乎真的更漂亮了。

傅盈呆了呆，這才又想起昨天周宣對她說過的話，難道真是他搞的那個什麼大補湯的作用？

周宣從沒有對她胡亂瞎扯過，這麼一想，或許那一碗湯裏真有什麼珍貴食材吧？

漱洗過後，下樓來到廳裏，周蒼松、金秀梅、傅天來、傅玉海都剛剛起床下樓來了，大家在客廳裏碰面，還沒坐下來，卻又都「咦」了一聲。

周蒼松夫妻的變化不多，只是覺得精神狀態好得多，而傅盈本來就是容光照人的樣子，看不出來有什麼特別的變化，但傅玉海和傅天來父子就不同了。

兩父子都是滿頭白髮，傅天來七十剛出頭，而傅玉海一百零二歲，父子倆除了頭髮白以外，鬍鬚也都是白的。但現在卻很古怪，傅天來的頭髮和鬍鬚變得一小半黑，大部分白，就像染了頭髮後，過了幾個月，一些恢復了原來的白髮，一些還是黑的。

傅玉海更是明顯，一頭白髮黑了一半有多，而且連鬍鬚都是一半黑一半白的。

傅盈和周蒼松夫妻都吃了一驚，還以為傅天來父子倆是染了髮，不過既然染髮的話，又怎麼只染一半？難道是現在流行這樣？但又有些不可能，因爲明明現在才起床，昨晚又睡得那麼晚，怎麼可能呢？

傅天來首先對傅玉海詫道：「爸，您的鬍鬚和頭髮怎麼黑了那麼多啊？」

傅玉海也是詫道：「我還要問你呢，你的頭髮怎麼搞得一些白一些黑的？今天早上到美容院染了的？」

「沒有啊，我一覺睡到現在，不是才剛剛起床嘛，門都沒出過，染什麼髮？何況我都這個歲數了，幹嘛浪費我的時間。」

傅天來又奇怪又不解地回答著，想了想，忽然把眼光盯向了周宣，問道：

「周宣，莫不是你弄了什麼吧？哦……我想起來了，是不是昨天你給我們喝了那個什麼大補湯？」

周宣摸著頭，嘿嘿笑著說道：

「我也搞不清楚，不過我想可能與那個有關。我昨晚查過網上資料了，我挖出來的那兩顆莖塊，跟紅薯一樣的東西，極有可能就是何首烏。祖祖種下幾十年了，長出來的果實肯定有大補作用。不過我也搞不清楚這東西能補什麼，又能補到什麼程度，我只感覺它是極有滋補效用的，那湯裏還加了許多別的藥材，所以我肯定是跟這個有關。」

眾人中，只有傅天來與傅盈知道周宣有奇特的能力，心裏都想，這個周宣，還真有一手

呢。

周宣也是嘻嘻笑著，又說道：「可能是這樣，因爲我昨天把剩下的湯拿去讓那些保鏢大哥也喝了，他們也受了些影響。」

傅天來當即出去看了看那些保鏢，果不其然，一個個的都才剛剛醒來，而且醒來後，卻不是剛睡醒的樣子，精神狀態都是出奇的好。

那些保鏢尤其有感覺，平時的狀態自己都很清楚，此時卻覺得眼睛也亮了一些，耳力也聰慧了一些，又做了些動作，有些比較難的動作也十分容易就做了出來，都是奇怪無比。

周宣這便真正確定了，就是那東西的原因，看來靈藥就是不同啊，難怪說千年靈芝，千年人參，千年何首烏，雖然是傳說，也許把效用誇大了一些，但這些可遇而不可求的東西，還是與普通物品大不相同。

傅天來和傅玉海更是奇怪，傅天來才七十出頭，而傅玉海一百零二歲了，就算周宣的藥物有效用吧，但怎麼年紀老的頭髮還黑得多，年紀小的頭髮黑的還少？

傅玉海頭上的頭髮黑了一半有多，而傅天來的頭髮只黑了三分之一，讓大家覺得有些奇了。

不過周宣卻是明白，他用異能探測之下，就知道是什麼原因了。

傅玉海雖然年紀大得多，但他的心思簡單，遠沒有傅天來想得多，平時也不想那些恩怨情仇的事，只是想念家人親人，傅盈回來後，一顆心便心花怒放了，得到藥物的滋潤反應也強得多。

而傅天來要關心傅家財團的事，又想念孫女，又擔心老父親，內憂外患，生理蒼老，細胞恢復反而不如傅玉海了。

周宣哈哈笑著，任由他們驚訝，又說道：「你們聊著，我再去弄弄那東西，還有幾顆，我再接著煲湯，讓祖祖和爺爺的頭髮全部變黑，來個返老還童。」

雖然是說笑，但周宣卻真有那個心思，他的異能激發改善已經到了盡頭，這在老爺子那兒已經得到結果了，他的改善是能讓身體好很多，但改善過一次後，再改善的話，也就沒有明顯的增加效果了，也就是說，異能改善激發一次，基本上就是那個樣子了，再用也沒有效用了。

而現在，周宣發覺，他的異能改善激發到了盡頭，但靈藥的效用卻是有另外一番作用，加上了他的異能效果，就起到更大的作用了。

周宣笑著，一個人來到了後院中。

院子裏的空氣新鮮，本來就是早上，氧氣成分很濃郁，深深呼吸中，周宣又感覺到了那種味道，只是今天的這個味道比昨天不知道要強烈多少倍了，從這個味道裏，周宣就覺得異能蠢蠢欲動，和昨天的興奮相比，又是更強烈的反應了。

周宣怔了怔，趕緊快步往後院牆邊過去，一邊又用異能探測著，不過這一探測，卻是讓他嚇了一跳。

牆角裏，也不知道從哪裡爬來許多動物，有蛇有蜈蚣，還有別的動物，五彩斑斕的外表，看起來就是很毒的樣子。

一時間，這個牆角處簡直就是毒蟲大聚會了。

周宣不敢靠得太近，毒蟲太多了。雖然他有異能，可以用異能控制住牠們，但沒弄清楚之前，他還不想太過殺生，動物大量聚集，通常都是有一定的原因，並不是無緣無故的。想了想，會不會是因爲那些何首烏呢？

不過又不像，因爲以前幾十年了，也都沒發生過這種情形啊，而昨天自己在這裏那麼久，就沒見到一隻蟲子，這會兒怎麼這麼多了？

周宣運起異能探測了一下那幾株植物的根部，再探測時，嘴巴大大地張圓了合不攏來。

這時，那些植物的根部裏，昨天還跟紅薯塊差不多大的東西，現在卻長得一個個胖乎乎的，根長尺許，腰圍都有小碗粗。

周宣驚訝之下，又數了數，一二三四五，一共有五顆，生長在牆角邊的土裏，而那些毒蟲就圍在這五株植物的周圍。

這一下，周宣才明白了，這些毒物就是爲了這些何首烏而來的，以前沒有聚集過來，是因爲這些植物才生長了三十多年，藥性不強，不值得牠們追逐，而現在，就跟傳說中那些長到了千年以上的何首烏差不多。

而這些何首烏一夜之間長成這個樣子，肯定是他昨天凝聚了異能，灌注於這些何首烏裏面的原故。

他的異能是這個世界上最奇異的能力，受了極重的傷，或者是治不好的絕症，都能用異能挽救回來，異能刺激人體恢復傷病的速度幾乎要超過普通成百上千倍，因而造就了這些何首烏也加快了速度生長。

在深山中，這些何首烏若是給人看到，很可能早就被人採回去了，而在這個院子裏，卻沒有外人來採，而且現在的人，認識藥材的人也極少，更別說這是在國外，又有幾個人能認識何首烏？

就是把這些東西擺到外國佬面前，他們也只會認爲是一塊比紅薯還差的爛薯乾，顏色又是黑黑的，看不出來有哪點好。

周宣再向前兩步時，那些毒物俱都昂頭對著他，又是吐信又是噴毒，不懷好意，毒物都是有護寶的心思的。

周宣這時不遲疑，異能運起，刷刷刷地就把毒物轉化吞噬了，數十上百條毒蛇毒蟲都在

一剎那間消失無影蹤。

「阿彌陀佛。」周宣念了一聲佛。這些何首烏可是他用異能培植出來的，所有權歸他，不是這些毒物的。

周宣一邊走上前，運起異能轉化吞噬泥土，只採取了一株，把何首烏娃娃取出來拿在手中細瞧。

這何首烏呈紫黑色，長約一尺，腰若小碗，橫著有兩條鬚，像手臂一樣，而底下又有兩條鬚分岔，長得像腿，頂上頂著一顆大圓頭，樣子就像一個胖娃娃。難怪說千年人參、千年何首烏這些靈藥會成形，會長得有如人樣，看來這個傳說倒是真的。

只是周宣搞不清楚，自己昨天凝聚的異能，究竟可以讓何首烏多生長多少年？看這些何首烏的樣子，起碼也得是超過五六百年的年限，才能長成這個樣子吧？

昨天那些比拳頭還小的莖塊，都已經是長了三十多年了，一個人也都成了壯年人了，更別說一株植物，小樹都能成大樹，但這何首烏還真是只有那麼一點點。

其實就算是五六百年，估計都長不到這個樣子，按照傳說中的故事，只怕真要千年以上才能長成這個樣子吧？

周宣取了這一株，然後把那些蘭草遮了遮，便看不到了，如果不是他的異能探測，一般人是找不到的。而那些保鏢，更是不知道，再說，這是傅家後院，別人也進不來，所以也不用擔心。

剩下還有四棵，周宣想了想，索性又凝聚了一些異能，再度灌注於何首烏裏面，然後拿了取出來的一顆，回到廚房裏後，又用清水洗了乾淨，笑呵呵地對王嫂說道：

「王嫂，麻煩你再幫我找一些補藥來，我再煲湯給大家喝。」

王嫂也是呵呵笑著，今天她的精神好很多，也發現兩位老爺子的白髮變黑了，一想到這個，她又回去鏡子裏瞧了瞧她自己的頭髮。

她都四十多快五十了，因為一直在傅家，生活過得並不差，所以白髮極少，但仍有一些。只是此刻對著鏡子找了半天，竟然沒找到一根，白頭髮一根都不見了！而且她還發現，自己的臉好像變光滑變年輕了一些，不禁發起呆來。

想了半天，王嫂也沒弄明白，反正覺得今天就是怪怪的，不僅僅是她，整個傅家都怪怪的。起初還以為是傅盈小姐帶著夫家人回來讓傅家人高興造成的，但再高興，也不可能會把白髮變黑、皺紋變少、容貌變年輕吧？

再仔細想一想，想起昨天喝了周宣煲的湯，越想越覺得是那個原因，因為喝的時候就覺得湯裏有股濃郁的藥味。現在見到周宣又要煲湯了，不禁好奇地看著周宣清洗那個何首烏。

昨天見到的只是兩塊黑乎乎的像紅薯般的東西，現在周宣手上拿著的何首烏，卻像一個胖娃娃一般，難道是什麼大蘿蔔嗎？

王嫂一邊應著一邊又問道：「姑爺，你拿的是什麼啊？」

周宣笑笑道：「是我弄來的藥草，大補的，這顆比昨天的更好，跟昨天是一樣的東西。煲湯啊，呵呵，我可是煲上癮了！」

王嫂到倉庫裏把煲湯的藥材拿了出來。周宣把何首烏切成一片一片，不過這次太多，把一個大瓷碗塞了一半，把清水加進去後，周宣就把煲放到爐子上，開了火，然後調到中火，等湯燒滾，再幾分鐘後，把火調小，以小火再燒兩個小時。

兩個小時後，煲裏的蒸氣散發出來，聞到鼻中就覺得腦子精神得很，周宣便知道，這東西效用要比昨天煲的湯要強一百倍都不止了。

昨天那藥湯拿出去賣的話，說不定就能值高價，有錢人對這個肯定是趨之若鶩，尤其是名人貴婦們，對美麗的追求更是瘋狂，想想那些高價名貴的化妝品，像是那些打胎盤素的富人和明星們，一針藥劑據說就是數十上百萬的價錢，而且還有副作用，但爲了養顏美容，就什麼也不顧得了。

自己昨天煲的那個湯肯定是有那種效用的，不過不是太明顯，而且需要他用異能改善一下。今天煲的這一鍋藥效更奇特更強烈的湯，功效會如何呢？

周宣一邊守著火爐，一邊想著，心裏有些興奮，有沒有可能讓祖祖和爺爺更年輕一些？

讓他們身體更強健一些？要是可以的話，那就是最令他欣喜的事了。以前用異能已經達到了極致，無法再進一步，這是肯定的，不是他不想，要是有那個可能，在國內的時候，費多少力氣他都願意把老爺子救回來。

周宣把火調得更小一些，鼻中聞到的藥味讓他的異能躍動不已。再熬了一個小時，覺得時間差不多了，周宣把煲鍋端下來，稍稍冷卻了一會兒，然後又讓王嫂拿了碗過來。

把湯煲蓋子揭開後，周宣搖了搖煲，裏面的湯比昨天的要少，但湯雖少了，但濃度和味道卻是比昨天要強了不知道多少倍。

看了看碗，周宣苦笑著搖了搖頭，然後對王嫂說道：

「王嫂，還是拿杯子來吧，算一下人數，包括保鏢大哥們，每人一杯，這個湯大補，但量比較少，只夠一小杯，每個人就嘗一點吧。」

王嫂笑了笑，湯黑乎乎的，比起昨天的還要黑還要濃，雖然看起來不好看，但因爲有了今天的變化，對這湯的想法就不同了，笑呵呵地又去拿了十幾個小杯子。

周宣端起煲，然後一小杯一小杯地往裏倒。十幾個杯子都倒滿後，湯也倒完了，剛剛好，後面兩杯還略微不滿。

周宣笑了笑，然後端起一杯，先遞給王嫂道：「王嫂，這第一杯，還是請你喝了吧。」

王嫂自然不會拒絕了，笑吟吟端了杯子一口喝光了。味道很濃，比起昨天的來，就像一杯清水和一杯極濃的咖啡一樣，大不一樣。

周宣又用托盤盛了準備端到客廳去，又對王嫂說道：

「王嫂，這個湯喝了如果有作用，可別出去跟別人說啊，我以後就專門給你們煲這種湯喝。」

王嫂笑著說道：「我當然不會說啊，不過，姑爺你是在哪裡學的啊？可真是有用，味道雖然不太好喝，但效用確實不錯。」

王嫂說的是真心話，周宣昨天讓她喝湯，她還有些勉強，但今天卻興高采烈喝了，心裏想著，這孫姑爺家裏是不是行醫的？這一手大補湯可真是出奇的療效好！

周宣笑嘻嘻地端了剩下的杯子往客廳去了。

到門邊時，周宣又回頭對王嫂說道：

「王嫂，把剩下的殘渣再盛水熬一碗出來。這湯還有些營養，煲出來興許還是有些作用的！」

王嫂趕緊點頭，把煲中加了水，然後再開火熬煮起來。

第一五三章

一山不容二虎

那幾株何首烏生長的地方，果然又來了四五條毒蛇，
經過周宣吞噬了那麼多，這附近的毒物量少了許多，
但這些毒物通常都有領地的意識，就跟野地森林一樣，
一山不容二虎，便是那個道理。

周宣端了盤子到客廳裏，笑呵呵地說道：

「美容延年益壽的大補湯又來了……」

看到周宣這一盤的杯子，與昨天的小碗相比，杯子裏黑湯汁少了許多，眾人都有些好奇。

周宣雖然是說笑的語氣，但事實上，他煲的這湯確實有奇特的效果。開始眾人還覺得，是不是心情太高興的原因，但由於高興和興奮，就會在一夜之間減少皺紋，白髮變黑髮，這樣的事，似乎還是不太可能。

不過，大家也找不出別的理由來，這時聽周宣一說起，傅玉海、周蒼松夫妻倒是有些相信了。傅盈和傅天來祖孫兩人自然相信這是周宣做出來的，只有他倆才知道周宣的奇特之處。

周宣把盤子放下，這次不用他勸說，一家人便各自端起來喝了，傅玉海和傅天來父子倆甚至還喝了兩杯！

把杯子裏的黑湯汁喝了，傅玉海才問道：

「周宣，你這湯裏煲的是什麼東西啊？祖祖的頭髮都變黑了，這眼睛也不花了，走路也不抖了，奇怪得很呢！」

周宣笑了笑，然後說道：「祖祖，這其實不是我的功勞，是您老自己的功勞哦！」

「哦？……那是什麼原因？」

傅玉海看著周宣很是不解地問著，周宣說的話讓他有些糊塗了。

「祖祖，我跟您說……」周宣左右瞧了瞧，見沒有外人，當即把臉湊近了，對眾人小聲說道：「爺爺，祖祖，我告訴你們，我這湯裏煲的東西，是在後院牆角裏挖出來的千年何首烏，你們可千萬不能說出去，後院裏還有四株，我已經挖了三株了，今天煲的這個個頭很大，昨天挖的那兩個是小的，剩下的四個也都是個頭大的，這東西可是拿錢也買不到的啊！」

傅玉海傅天來都是張口驚訝起來，尤其是傅玉海，呆了一陣子後才問道：

「是千年何首烏嗎？可是這宅子我才買了四十年不到呢，這棟宅子的年齡也只有四十多年，我買來的時候，這宅子還很新的！」

周宣呆了呆，這個問題讓他說的話前後矛盾，差點露出馬腳，只好抓了抓頭，然後直是苦笑，不知道怎麼解釋。

傅天來趕緊幫他解圍了，笑道：

「爸，周宣這是打個比喻罷了，那東西肯定是何首烏，估計千年是沒有的，但幾十年肯定是有的，何首烏這種靈藥植物，本就是難得一見的東西，有特殊的功效也是正常的，否則它怎麼就不像青草白菜一樣，到處亂長呢？」

傅玉海點點頭，然後說道：「既然這是何首烏，那我得好好看著，等到煲湯的時候再挖出來，一顆一顆地用，最好不要把它全部挖出來，免得斷了生氣！」

說著，傅玉海就抱著小思思要到後院裏去瞧。周宣擔心，趕緊把剩下的湯讓傅盈送出去給那些保鏢喝了，自己緊跟著傅玉海過去。

因為靈藥存在，千年何首烏的藥性強烈，又生長了這麼多株，引來毒物的饞涎，周宣走近了就受到牠們的攻擊，要是換了傅玉海，可是避不過。

傅玉海走在前面，周宣跟在後面，一邊趕緊運起異能探測，那幾株何首烏生長的地方，果然又來了四五條毒蛇，經過周宣吞噬了那麼多，這附近的毒物量少了許多，但這些毒物通常都有領地的意識，就跟野地森林一樣，一山不容二虎，便是那個道理。

不過，這兒到底是城市裡，即使有毒物，那也是很少的，經過周宣的轉化吞噬，這一帶的毒物幾乎就已被滅了個乾淨。這也算是周宣做了一件好事，毒性很強的毒物，對人的威脅可是極大的。

周宣又趕緊運異能把這幾條毒蛇轉化吞噬了，等到傅玉海走到的時候，已經沒有危險了。

傅玉海腳步輕靈，根本就不像是一個一百零二歲高齡的老人，那身手步子，比五六十歲的人也不差。

來到後院的牆角邊，這裏昨天周宣便指給他看過了的，不過昨天沒怎麼在意，現在卻是心喜不已，當即把抱著的小思思遞給周宣抱著，自己扒開蘭草，到裏面將那四株僅餘的何首烏植苗細細觀看檢查。

當然，傅玉海也沒見到過何首烏植株的樣子，只是現在細細地看過後，確定沒有見到過，再慢慢回憶起以前的事來，雖然記不太清楚了，但還真有可能就是那時自己在武館那兒弄回來的何首烏種子長出來的。

聽周宣說了，這四株個頭大，又想到昨天喝過的湯汁令他今天的變化，這東西可是寶物，真正是拿錢也買不到的好東西，得好好守住。

傅玉海檢查好後，又鑽出來把蘭花草弄來遮擋住何首烏，最後又抱回小思思，在這裏欣賞風景。

周宣看著高高的院牆，這院牆做得如此牢實，那些毒物又是怎麼進來的？很是奇怪，這絕不可能是從大門，或者是爬高院牆翻牆進來的。

周宣一邊觀察著，一邊又運起異能到處搜索著，從那些毒蛇殘留的痕跡中，周宣慢慢從花草叢找到一個下水道口。

這個下水道表面是用塑膠格子攔住的，只是有一個地方破損了，有小碗大的一個破口，裏面的管子並不太大，只有三十釐米的樣子，大的動物還進不來，只能爬進來些個頭較小的

生物。

周宣當即運起異能探測著這個地下管道，出了院牆後，在馬路地下約有五米深，在某些地方還深一些，延伸向傅家宅子的西南方。

過了兩百米的距離後，周宣便測不到了，想了想，反正閒著沒有別的事，不如去走走看看，探測探測這些毒物的來源，傅玉海老在這兒弄花草，不免有些危險，乾脆把這個源頭找到並堵住了，省得擔心。

周宣從前院子出去時，保鏢們都已經喝了那一杯黑汁湯，昨天那一小碗，讓他們身體都有意想不到的效果，本已奇怪欣喜，而西方人的生活本來就很少有中式大補湯一說，傅家因爲本來是華人，有這個喜好並不奇怪，而今天聽說周宣又熬了大補湯，這些保鏢趕緊爭搶著就喝掉了。

周宣要出去遊玩，他們便恭恭敬敬送出去，又問要不要他們帶著去。周宣趕緊搖頭，說是不幹什麼，只是在外邊獨自轉一轉而已。

從西南方向走過去，周宣探測著地底下的管道，慢慢走過，幾乎走了幾條街道，走出都有好幾里路了，這麼遠的距離，那些毒物又是怎麼嗅到何首烏的味道的？

看來動物的本領還真不是人類能輕易弄懂的，人類的智慧雖然最高，但某些動物單方面的本能卻是遠比人類要強。

在一些管道中，又遇到幾條跟著爬過來的毒蛇，周宣也一併將牠們轉化吞噬了，一條都不留下。

隨著那條管道到了一棟別墅旁邊，管道便分岔了，要是換了普通人，那就不知道到底是哪一條管道了，因爲這裏分岔的管道有七八個之多，但周宣的異能能探測到殘留的影像，找一些毒蟲蛇的路徑自然不是難事。

一探測下，目的地卻是這棟大別墅。在別墅的前院中，至少有十二名有槍的老外守著。

周宣奇怪起來，雖說在美國，持槍是合法的，只要你有持槍證明，每一個人都可以合法擁有槍枝，但這裏氣氛顯然有些詭異，當即又運起異能探測著裏面。

這一探，周宣頓時臉紅起來，在別墅裏面的游泳池中，幾個裸男和十幾個金髮美女正在嬉戲，動作實在噁心，十幾個人全都是一絲不掛的。

而在別墅的其他地方，周宣又探測到還有不少持槍的保鏢以及毒品。

當探測到二樓的時候，周宣忽然發現，在一間極其奢華的臥室中，一個長得極爲漂亮的金髮美女被鎖在一張大床上，四肢分開成一個大字，手腳各自被手銬鎖在床邊的木欄上，無論她怎麼掙扎，都於事無補，掙脫不了。

周宣十分好奇，這個女人看來應該跟樓下游泳池裏的那些女人不一樣，如果她是自願

的，為了賺錢，討好男人也正常，但就算再變態的男人，也不會把女人獨自鎖在大床上，看來有些奇怪。

周宣想了想，這別墅裏的人太危險，至少就有二十多個持槍的男子，搞不好這裏的主人是黑社會裏的大毒梟，或者是黑幫頭子，自己沒必要去得罪他們。

當即就要轉身離去，不過走了兩步，卻又想起自己來的目的，不是為了尋找那些毒物的蹤跡嗎，既然找到了這裏，怎麼不再查查那些毒物在哪裡呢？

一想到這個，周宣趕緊又回身，沿著院牆往後院方向走。

院子裏都有保鏢守著，好在周宣異能探測的距離遠，離了院牆也有五六十米遠，那些保鏢也不怎麼注意。

在後院的一處超大的地下室中，周宣終於探測到了，幾個數十平方大的鐵絲籠裏，關著數以千計的毒物，有毒蛇，蜈蚣，蠍子，全都是毒性很強的種類。

周宣在其中一個鐵籠子的一個角落裏探測到，那個地方破損了一個口子，似乎是生銹了，口子並不大，只有酒杯大小，不過足夠蛇類爬出去了，而這個籠子裏面關的也全是毒蛇，逃到傅家那個院子裏的，只是其中的少數。

這主要還是何首烏的氣息從那管道中傳出來，引起這些毒物的趨附，要不是那些氣味，這些毒蛇也不想爬動，關在籠子中，早沒有精神。周宣不知道關了這麼多毒物是要幹什麼。

周宣在院子外的一叢花壇處思索著，想找個方法，要進去不驚動這些人，他也不是做不到，只是覺得沒必要，有可能會引起警覺，惹出什麼後遺症就沒意思了，來紐約就是想安安靜靜的過日子，不想再惹出事端。

嗯，還是回去用些泥土把那個管道口堵實就是了。

他準備回去，不再理會這裏的毒物，包括二樓房間裏那個被鎖住的女人，都不再去想，誰去管他們的恩怨呢，他又不是警察，也不想當英雄。

正準備走時，別墅前面開過來一輛小車。周宣趕緊彎腰停下來，那輛車開進了院子裏，保鏢們把車門拉開，從裏面下來三個男子，然後又把後車箱打開，從裏面揪出來一個人，手腳都被反綁了，眼蒙黑布，嘴也給膠布貼住了。

幾個人嘰嘰咕咕地說了起來，周宣一句都聽不懂，想了想，便按下了手腕上的語言交流器，選擇了這別墅裏的全部人作爲交流對象，因爲這些人應該說的都是同一種話。

周宣隨即聽懂這些人說的話，其中兩名保鏢揪著那個被綁的人到了游泳池邊，對其中一個男子說道：

「老闆，我們已經將這傢伙逮回來了，老闆要怎麼處置？」

這兩名保鏢一邊問著，眼睛卻是瞟著那些裸女。

那個男子嘩啦一聲，從兩個美女旁站起來，眼睛裏儘是凶戾之氣，盯著那個被綁住的男子瞧了瞧，揮了揮手，那兩個逮住他的人當即把他身上的黑布和膠布扯掉。

那個男子眼睛被光線刺激到，有些不適應，過了一會兒才看清眼前的情況，一看之下，臉色大變，趕緊求饒道：

「馬克先生，我是冤枉的，我真的是冤枉的，求您放了我吧……」

那個叫馬克的男子在水中捋了一下額頭的髮絲，然後淡淡道：

「既然你這樣解釋，那我也就不用多說了，你也知道，我生平最恨的是什麼！」

馬克說完，把手又揮了揮，兩個保鏢拖著他就往外走去，那男子嚇得拼命大叫：

「馬克先生，饒了我吧，饒了我吧，我都說我都說……」

馬克再招招手，那兩名保鏢又把那人拖了回來，扔在池邊，馬克毫不掩飾地盯著自己的裸身，撫摸著左手中指上的一顆鑽戒，然後慢慢說道：

「說，警方的臥底到底是誰？」

那男子臉部的肌肉直哆嗦，好一會兒才咬著牙說了出來：

「是……是羅婭……」

馬克嘿嘿一聲冷笑，盯著那人古怪地說道：

「你知道嗎，羅婭……你說的這個美女，現在正被鎖在我的大床上。嗯，是該享用享用了！」

馬克一抬手，在池邊的保鏢當即遞上一條浴巾，馬克從池子裏爬上來，把浴巾圍在身上，然後一擺手，徑直往樓上走去。

那兩名保鏢當即拖了那人又往後面走，那人嚇得大叫：

「馬克先生，馬克先生，您不是答應放了我嗎？我已經給您說了啊！」

馬克在樓梯上停下了腳步，然後說道：「我什麼時候說不殺你了？你知道我最恨什麼嗎？我最恨的就是背叛！」

兩名保鏢不再遲疑，拖起那人就往後院去，到了地下室，直接往裏拖進去。

周宣在外面探測後，吃了一驚：難道這兩個保鏢是要把這個人扔進蛇籠裏？

果不其然，這兩個保鏢真的是把那人扔進了蛇籠裏。轉瞬間，受到驚嚇的毒蛇紛紛咬住那人的身子手腳，沒有一會兒，那人便毒發身亡了。

周宣也沒有出手救他，反正不關他的事，再說，這個人兩邊都出賣，也不值得他救。

馬克一個人到了樓上的臥室後，望著大床上的美女，嘿嘿笑道：

「羅婭，你的線人已經被我丟到蛇籠裏餵毒蛇了，你呢，我可捨不得，如此誘人的美女，不享受一下太可惜了！」

羅婭狠狠掙扎了一下，不過，無論她怎麼掙扎，都沒辦法掙脫。

馬克嘿嘿狂笑道：「掙扎吧，使勁掙扎。我最喜歡野蠻的女人，那才夠味道。你放心，上完你，我再給你拍一部你跟我餵養的狼狗的人獸性愛片，然後，你就會被沉到大西洋底！」

羅婭聽他說得惡毒，也不禁害怕起來，這個馬克的惡名讓她相信，他所說的一切都會是真的，他完全做得出來。對這個馬克來說，這樣的行爲只是家常便飯。

周宣在院子外面聽到這個馬克把殺人的行爲說得那麼輕描淡寫，也不禁皺起眉頭來，只見馬克忽然間把浴巾扯掉，整個身子一絲不掛現在羅婭面前。

馬克獰笑著抬腳往床上踏去，羅婭頓時驚怒交集，不過絲毫沒有任何辦法，除非有奇蹟出現，否則沒有誰能救得了她。

然而，奇蹟在這個時候出現了！

馬克伸腳踏在床邊剛要上床時，忽然定定地不動了，羅婭以爲他又要玩什麼花樣，咬著牙盯著他，但馬克連臉上的表情都沒再變一下，身子也是一絲不動，只有那雙眼珠子還在略微轉動著。

時間靜止了幾秒鐘，羅婭才發現有些不對勁，馬克不像是要對她玩什麼別的花樣，而是好像出了什麼問題。

羅婭又掙了掙，手腳上「叮叮」幾聲響，手銬全部都齊腕斷掉，禁不住吃了一驚！剛剛她還在拚命掙動，但那四副手銬越掙越緊，根本就沒辦法掙脫，現在突然間斷掉，可就奇怪了。

羅婭坐起身，看了看那手銬，確實是斷掉了，難道是瑕疵品，剛剛給她一陣掙扎後就弄斷了？實在有些不可思議。

不過既然能解脫，她立即彈起來，準備逃出臥室去。想了想，回身又猛揮一腳踢在了馬克的下身中，這一腳用力極猛，似乎聽到了某些東西的爆裂聲。

馬克臉色頓時痛苦不堪，身子也給羅婭這大力一腳踢倒，不過倒下地後，仍然是一動不動。羅婭就奇怪了，這馬克是不是被哪個高手用麻醉槍擊中了？

應該是吧，大概是有一個高手解救了她。只是現在，她也不知道這個人在哪裡，還是趕緊逃出這個地方再說，馬克的保鏢有二十多個，輕重武器都有，不是容易對付的。

不過羅婭沒想到的是，她跑下樓，遇到的那些保鏢卻全都是定在當場無法動彈，想必都是給那個救她的人做了。

從樓上到樓下，再到花園中，羅婭看到有十幾個保鏢都如同木偶一般，全都是一絲不動。

羅婭很是驚奇，也搞不清楚到底是怎麼回事，一直跑到花園外面，也沒見到有一個人阻

攔她，其實別說阻攔，就是連一個會動的人都沒見到。

在院子外邊時，她回頭望了望這邊，眼睛一瞬間瞄到院牆外邊的樹木邊，有一個黑頭髮黃皮膚的東方人，不過那兒離這別墅有一百來米遠，估計只是個過路人，這麼遠也不可能知道這別墅裏發生了什麼事。

羅婭也沒有疑惑他，又在驚急之下，急急跑了出去。

周宣剛剛被羅婭瞄了一眼，心裏一跳。好在羅婭也沒懷疑他，一眼掃過便即急急跑掉了，他這才安心離開這裏。

沒什麼事，周宣就沿街閒逛著，也沒有什麼東西要買，又沒有熟人，轉了一陣便即回家。

回了家後，又到後院裏把那管子堵了。這時，再沒有毒蛇毒蟲會來，也沒有別的人知道，就是傅家的那些保鏢和王嫂都不知道，他們喝的東西，就是這院子裏牆角邊生長的東西。

周宣又探測了一下那些何首烏，還在生長當中，土裏的莖實又略大了一些。他又凝聚了一些異能，然後灌注在四株何首烏中，等到明天再看看會長到什麼樣子吧。

要是用異能來激發這些植物生長，能起到大作用的話，不如以後就弄一些好東西來養養看，比如人參啊、靈芝啊等等最珍貴的藥材，在家裏種靈藥，可是比在深山裏尋找要好得多。

這一晚，傅家眾人沒有再像頭一晚那麼興奮了，傅玉海也恢復了往日的作息時間，只是在房間裏增加了一張床，把小思周放在他房間裏陪他睡，老爺子高興得很。

這一晚，周宣在睡夢中醒來，陡然間覺得左手腕中的丹丸有了些變化，似乎跟他身體的聯絡更強了，顏色也有些變得更金黃。

周宣看看還在熟睡中的傅盈，臉蛋俏麗白皙，皮膚的潤滑更勝以前，心裏一動，搞不好是今天喝的那個何首烏湯起了作用吧？今天那湯可是他用異能增長過後的千年何首烏煮的，而頭一天的何首烏，只有三十多年，效用應該是差距很大的。

看了看時間，才凌晨四點，離天亮還有些時間，但是精神狀態實在太好，睡也睡不著，體內的異能又似乎像裝滿了的水壺一般，有種要滿盈出來的感覺，當即伸手一指，把桌子上的幾隻玻璃杯子轉化為黃金杯子。

在夜光下，這幾隻黃金杯子閃動著異樣的光芒。

周宣能明顯感覺到異能更進化了，在量上，他的異能似乎已經達到了頂點，因為可以從太陽能量上直接吸收轉化，取之不盡的能量，讓他的異能達到了一個頂峰，但質上面卻是沒有多大進展。

不過現在卻感覺到異能純淨到極點了。以前就好像是黃河水一樣，有些渾濁，雖然龐大，但現在這一河之水似乎都變得清澈透頂，一絲雜質都不帶，彷彿萬里無雲的碧空一般，清澈得那麼可愛。

周宣也不知道異能進化後會有什麼樣的奇異效果，反正現在也沒有別的事，周宣便運起了異能凝成束探測著，這一試便知道，純淨了的異能是真的進化很大，凝聚的異能現在能達到四百米遠，這讓周宣有些吃驚！

以前的異能每一次增漲，進步都是有限的，之後異能探測的距離，也只有凝成束後才可以探測到兩百米左右，而這個距離也成了他最長時間的能力範圍。之後，周宣甚至覺得這就是他的極限了，以後也不可能會再突破。

不過，現在能力卻進化了，而且增加的程度讓他意想不到，一次就增加到了一倍。異能探測到四百米的距離，這實在是太驚人了。可以說，以他整個人為中心的話，他前後左右的距離加起來，也可以探測到八百米，這已經接近了一公里的範圍了。

無論有什麼阻隔，在這個距離中，周宣都可以對在這個範圍以內的任何東西進行完全控制！

能量有這麼大的增長，周宣也不知道其他的能力會有些什麼不一樣。不過現在也測試不到。比如他能在水下潛到多深的極限，以前徒手時，可以潛到一千米的深度，而現在可以潛到多深？

想必是有增加的。再看到桌子上自己轉化的幾隻黃金杯子，又想到，如今自己轉化的黃金杯子，不知道可以保存幾天才會轉變回來呢？

好不容易挨到了天亮，傅盈還在熟睡中，周宣也不打擾她，悄悄起身，然後到院子裏去看了一下。四株何首烏土地裏的果實已經又長了幾十公分長，也越發讓周宣感覺到對異能的吸引！

院子裏的空氣又極爲新鮮，周宣索性便坐在傅玉海的躺椅上，吸收著新鮮空氣，同時又把異能盡情放鬆地探測出去，漫無目的地讓它們散亂著。

到八點半快到九點的時候，家裏人幾乎都起來了。今天的傅天來和傅玉海都注意了些，在浴室漱洗後，便興奮地下樓來。

在客廳裏，父子兩人都是興奮之極地互相瞧著。

今天的樣子更是搞笑，傅天來和傅玉海的白髮都完全變黑了，臉上的皺紋少了很多，皮膚也光滑了，就是傅盈也有些傻傻地盯著爺爺和祖祖發愣！

這兩個老頭子根本就看不出來是老頭來，現在看起來，一百零二歲的傅玉海好像只有六十的樣子，而傅天來好像才四十多點。在傅盈的印象中，他就跟爸爸傅玨一個樣，兩人或

許叫成兄弟還更像些。

周蒼松和金秀梅夫妻也都發了傻，兩人也顯得年輕了二十年，皮膚光滑了，皺紋變少了，白頭髮也變黑了！

王嫂進來也是傻呆呆的。她快五十的面容，今天看起來就跟個三十歲的女子差不多，這時候，大家可以肯定，這些奇異的效果肯定是周宣煲的那湯造成的了！

王嫂把盤子端到桌子上，然後說道：

「老爺，盈盈小姐，姑爺，親家公老爺太太，這是昨天孫姑爺熬湯後剩下的渣汁，孫姑爺讓我又加了水重新熬了一次，看起來是淡了一些，我把湯汁倒出來，當早點飲料吧！」

雖然味道跟牛奶比差遠了，但大家卻是毫不猶豫地都端了起來，一口喝乾了。

第一五四章

杯水車薪

「你的錢不足二十億美金，普通的事，當然是足夠了，
但現在，還差得遠，杯水車薪，無濟於事。
我想說的是，周宣，你能不能先代任公司的首席執行董事，
看看可不可以找到解決危機的辦法？」

把杯子放下後，傅天來發愁了，說道：

「周宣，你這大補湯也太厲害了吧？這下可好了，搞得我都不敢出去了，搞不好公司的人都認爲我是假扮的呢！十多年都是白髮形象，誰知道現在頭髮完全變黑了！關鍵是臉上的皺紋也沒了，誰還當我是傅天來啊？」

傅玉海也是愁眉愁眼地說道：「盈盈，還好你們都在家啊，知道我還是祖祖，要是你們都不在家，我們卻變成了這模樣，你回來還不把我當成你爺爺啊？」

說到這裏，他又搖了搖頭，道：

「當成你爺爺都不會，你爺爺可是滿頭白髮！現在你祖祖連頭髮鬍鬚都變成黑色的了，這可怎麼見人啊？」

傅天來老父子倆都愁了起來。

周宣不禁又好笑又無奈，如在平時，別的富豪有誰不想這樣呢？這可真是花錢都買不到的東西，那些超級富豪們便是花上過億的錢也願意來買這個東西啊！

傅盈也是苦笑著搖頭說道：「爺爺，祖祖，要是我爸媽和二姑回來，他們保準不認得你們了，搞不好二姑會把爺爺當成我爸！」

傅天來呆怔了起來，好半天才嚷道：

「周宣，我不管了，公司我是不去了，你自己去管理吧！我去了還不得被笑話死?!而且，還得給保安部審核身分！這都是你惹的啊！我是真不管了，以後就在家跟你祖祖遊山玩水了，免得給別人笑話！」

周宣張口說不出話來，這倒好，把家裏人弄年輕了，自己卻惹了一身麻煩。

傅盈笑吟吟摸著臉笑道：

「爺爺，反正我是不管的，我也不是那塊料，有兩個孩子就夠我受的了！周宣，你這大補湯真不錯啊，再熬點出來，比我買的什麼化妝品都要好！」

周宣苦惱了一陣然後說道：「煲湯的事，是沒問題的，再給你們煲幾天都可以，不過，上班的事，爺爺就不要難為我了，我也不是那塊料，我對管理不感興趣，我喜歡自由自在地過日子！」

傅天來笑笑道：「知道啦！剛剛是嚇你的。在你們回來的第二天，我便到公司做好安排了，之前便請了專業經理人。基本上我是不管公司的事務了，否則這幾天哪裡輪得到我不聞不問的？」

周宣這才放了心，轉身又到後院裏把何首烏再挖了一棵出來，洗淨了再煲湯。這樣子，兩天一顆，一個星期後，這四顆千年何首烏都給煲湯喝盡了。

不過，傅天來和傅玉海的容貌倒是沒有再發生大的變化。周宣估計，這也許是跟他的異能一樣，激發改善過後，如果再用異能激發，就沒有什麼效果了。

這何首烏可能也一樣。前面那株變成千年的煲湯喝了後，效用已經達到了極點，後面的四顆只起到了鞏固的作用，再增強的效果就沒了。

這也有可能，否則的話，以周宣的能力，只要找到人參或者何首烏的種子，那他就能再培育出來。那樣的話，他要多少就可以弄多少出來，如果每一顆何首烏都有那個效果，那吃上十幾顆，豈不是就能把人返老還童後再變成嬰兒了？

家裏其他人雖然沒有多大的益處，但周宣卻感覺到他自己是更加不同了。異能純淨得像最好的玉一般，化成暖流，又透明又無半分雜質，純淨到無法形容的地步。

這一個多星期把心思都放在了那何首烏身上，不過煲湯煲完了，也就沒牽掛了，就是傅玉海也不關注了，反正後院沒有何首烏了。

不過，周宣偶然間發覺，桌子上那幾個一周前轉化的黃金玻璃杯，卻還是金光燦燦的，絲毫沒有變化，不禁吃了一驚！

以前，自己的異能只能將轉化爲黃金的物質以黃金的成分穩定二十四小時左右，在一天之後，就會恢復原樣。而這幾隻杯子，從那天凌晨轉化後，一直到今天還沒變，確切地說，已經過了八天了，有一百九十二個小時了，這麼長的時間，那杯子依然還是黃金的，並沒有轉變回玻璃杯的模樣！

周宣這才覺察起來。以前是沒注意，但這一注意，便覺得十分驚訝，不知道自己的異能可以把物質轉化為黃金過後，還能持續有多長時間。

現在可以肯定的是，被異能點過的物質，變成黃金後，八天都不會變回去了。

周宣只覺得驚奇，卻不會太激動興奮，他又不缺錢，就算轉化為黃金後不再變回去，也沒有什麼好激動的。

當然，這只是周宣的想法，要是換了地球上的任何一個人，都會欣喜若狂的。如果能把所有的物質都轉化為黃金，那他毫無疑問，就是天下間最有錢的人了。

任何一個超級富豪華都比不了他，做什麼生意都有風險，都有可能會賠會賺，但只有黃金這個東西，是目前世界上最保值的東西。可以說，黃金歷來都是最好最能保值的東西，要是有一個人能點石成金，那還有什麼人能有他這樣的賺錢能力？

周宣不知道能將轉化的物質維持多久，不過，現在他也沒有心思去想這件事，不如到市場上去看看，能不能買到些什麼人參、靈芝之類的種子，要不再培育一些別的藥材。

千年何首烏煲湯喝完了，周宣自己也覺得異能進化到了極點，心境也平和得多了，如同老和尚的心態一般，似乎看什麼也激動不起來。

又過了一周，周宣發現那幾隻黃金玻璃杯依然還是金燦燦的，沒有變轉回來。這倒是奇了，難不成他現在轉化過後，已經永久成了黃金的了？

要是這樣的話，那他就當真成了這個世界上最富有的人了。

其他的富翁無論多麼會賺錢，也不如他隨手一點，把物質轉化成黃金，要多少有多少，應有盡有的，又有誰能敵得過他？

又一周後，周宣原想著去旅遊一次，但紐約發生金融危機，華爾街股市大跌，進而引發全球恐慌。

這都是美債惹的禍，美國人都是靠借債度日的，先用未來錢，國家欠債多達十幾萬億美金，股市大跌之下，傅氏財團也不能倖免，首日便跌了百分之七點五，直接便蒸發了二十幾個億。

傅天來躲在家裏，電話卻是不斷，讓他焦頭爛額。

傅氏集團的股份，傅家佔有百分之三十九，是最大的股東，但危機引發了拋售，傅氏帳面上的流動現金不足十五億，在這個時候，各大銀行都是自顧不暇，在這時，想要貸款，那也是難上加難。

傅天來急得坐不住了，只得把周宣和傅盈兩人叫到書房，單獨談話。

周宣眼見傅天來眉毛都皺到了一起，當即問道：

「爺爺，什麼事？有事就直說吧，我們是一家人，有困難也不是您一個人的事。」

有周宣這句話，傅天來心裏舒坦多了，至少周宣並沒有一張口就是推開不理，想了想便說道：

「周宣，盈盈，你們爸媽在歐洲也抽不開身，而且狀況並不理想，美債引發的金融危機造成了全球經濟動盪，我們傅家也不能脫身，目前市面已經大量拋售我們傅氏的股票，今天一天，我們的市值就蒸發了二十一個億的現金。如果發生崩盤，那就危險了。

如果要以現金來反收購股票，那我們至少還要收購百分之三十的股份，才能勉強止跌，這還只是樂觀的估計，要是情況壞的話，數字會更大，但就這百分之三十的股份，我們就需要拿出一百五十億美金的龐大數目，這當然是不可能的，我們目前的帳面現金只有十四億多，情況是很危急的。」

周宣想了想，然後說道：「爺爺，我手上有一百二十億人民幣的現金，您拿去用吧，我再想想法子。」

傅天來搖搖頭，嘆了一聲，又說道：

「你的錢不足二十億美金，普通的事，當然是足夠了，但現在，還差得遠，杯水車薪，無濟於事。說不定把你也套進去了。我想說的是，周宣，你能不能先代任公司的首席執行董事，看看可不可以找到解決危機的辦法？」

周宣一怔，然後搖搖頭道：「那不行，爺爺，不是我不想替家裏分憂，而是我根本就沒有那個能力，公司運轉和前進的方向，我根本就不能把握，這事我真的辦不到。」

傅盈也是焦愁不已，她雖然不願意，但也知道，傅氏集團就代表了她一家人的利益，如果公司沒了，爺爺祖祖又怎麼能好過？她又怎麼能好過？雖然說再不想這些事，但一家人的幸福也是基於傅家財富的基礎上的。

「周宣，要不，你就試著去上幾天班，看看能不能替公司解困？」傅盈這樣說，是因爲她覺得，周宣的能力也許在這個時候能起到關鍵的作用。

不過周宣還是搖頭，不是他不想替家裏解困，而是他真的不懂。

想了想，周宣忽然問道：

「爺爺，去公司任職我幹不了，不過我有個主意，不知道行不行得通？」

傅天來詫道：「什麼主意？你說說看，只要能救得公司就是好主意。」

周宣點點頭，然後回答著：「現金我是沒有那麼多，不過我能拿出不限量的黃金，用黃金能不能解除公司的困境？」

傅天來一怔，當即說道：

「黃金？如今美債引發的危機，所有貨幣都在跌，就只有黃金儲備在猛漲。這可是硬通貨！有句話叫做『太平盛世玩古玩，災荒亂世買黃金』，應付通貨膨脹最好的方法就是買黃金了！

如果你有大量且數值超過我需要數目的黃金，那自然能解除我們的危機了。而且，我可以把被低價拋出去的股份收購回來，這可是最大的好處。

當然，回購公司的股份止跌，至少得花一百五十億美金以上，如果跌得猛，那還需要更大的數字。如果有黃金儲備的話，那也需要兩千噸以上，兩千噸的黃金，價值兩百億美金左右。不過是兩千噸啊，你到哪裡能找到這麼大數量的黃金？」

周宣沉吟了一下，看著傅天來和傅盈愁眉苦臉的樣子，當即說道：

「爺爺，盈盈，你們都別急。爺爺，我再問您，如果這個時候，把咱們傅氏的股票全部收購回來，需要多少錢？」

傅天來吃了一驚，傅氏只占全股份的百分之三十九，剩下約有百分之六十一的股份，這些股份價值約在五百億之間，即使現在股價大跌，價值依然有四百七十億左右，這麼多的現金，怎麼湊得出？

想了想，傅天來才憂心地回答道：

「現在股價跌了，但也還要四百五到四百七十億之間，我也聯繫過關係較好且長期合作過的幾間銀行，但都遭到回絕了。這個時候，銀行也是自顧不暇了。別的夥伴公司以及朋友，差不多都是一樣的，在這個階段，沒有哪一家公司是可以倖免的。」

周宣倒是放心了，當即笑笑道：

「爺爺，如果我給你一萬噸的黃金，能不能解決問題？」

「一萬噸？」傅天來嚇了一跳，當即說道，「一萬噸的黃金最少值一千億美金，解決我們傅氏的危機，有五千噸便足夠了。若有一萬噸的話，就能興風作浪，大撈一筆了。可這一萬噸的黃金，你又要從哪兒弄來？就算是石頭，那也需要一百輛大卡車才裝得了。」

因為黃金的品質比石頭要大，相同的體積，重量要大得多，所以實際上，裝載六十噸的大卡車，如果裝黃金的話，能裝載三四百噸，但估計是拉不動的。

周宣笑了笑，看了看房間的傢俱，手一指，馬上把這些傢俱轉化為黃金，剎時間，一屋子就變得金燦燦的。

傅天來一呆，然後醒悟過來，趕緊跑到邊上將變成了黃金的傢俱仔細檢查了起來。看了一陣子，他可以確定，這些就是黃金。

傅天來知道周宣有特異能力，但卻從不知道他能把物質變成黃金。

傅盈倒是知道，但她知道周宣的能力只能將物體轉化為黃金形態保持二十四小時，二十四小時後就會轉變回原樣。如果是這樣的話，那他們拿這樣的黃金換來股份，那二十四小時恢復為原來的模樣後，是會出大問題的。

如果以假黃金出售，像這麼大數量的黃金是根本不可能暗中交易的，出了問題，也許後果會比傅氏現在面臨的危機更大。

傅盈搖了搖頭，但周宣卻是肯定地說道：

「爺爺，這個黃金，其實我是想要多少就能弄多少出來，只需要守住這個秘密，不讓外人知道就好。」

說完，他又扭頭對傅盈道：「盈盈，我知道你在擔心什麼，你放心好了，我之前是只能將物質轉化的黃金維持二十四小時，但這段時間以來，我將那院子裏的何首烏煲來吃後，身上的能力就進化了，現在我轉化的黃金是永久性的，不會再恢復原樣了。」

傅天來驚得瞠目結舌，好半天才恢復過來，所幸這個人是他的親孫女婿，他也知道周宣是有些特異能力的，只是以前確實不知道他有這個能力。

傅盈倒是驚喜起來，欣喜異常地說道：「真的嗎？那真好了！」

周宣笑笑道：「我也是才弄清楚，一直也不是很明白，不過現在確定了。一年多以前，我擁有這個能力的時候，我就在想，爲什麼這個能力能轉化物質爲黃金，卻又不能永久性地成爲黃金？我那時以爲是缺陷，沒有十全十美的事，但現在我終於明白了，這其實是異能沒有達到最純淨的地步。這兩天，我感覺到我的能力純淨得像最透明的玉一樣。」

在傅天來面前，周宣這還是第一次認真又明白地說起異能的事。可以說，他是真的把傅天來當成了最親近的家人，再也沒有任何隔閡的感覺了。

傅天來驚喜莫名，好半晌才平靜了下來，然後又問道：

「周宣，那你說，要怎麼來進行這件事？」

周宣搖搖頭道：「怎麼進行，我也不明白，爺爺，您先去找一個倉庫，放進一萬噸黃金體型的東西，無論什麼都可以，最好是木條或者是金磚模樣的木片，因爲木片品質輕，搬箱子也能方便快捷。放到倉庫裏後，我就去把它們轉化成黃金。不過，做這些工作，一定要隱密，不能被人知道。」

傅天來當即點頭道：

「這個沒問題。我放進那樣的木質模具時，就找外地的勞工，做成黃金後就找保安公司，後面直接解押到銀行，這個過程絕對隱密，呵呵，這下子好了。」

傅天來笑了幾聲，然後又說道：

「做這些事還需要幾天時間，就讓我們傅氏的股價再大跌一些吧。等到跌到低價時，我們再全力收購，這樣就可以少勝多。收購傅氏的股份，如果把全部股份都回收到我們手中，這當真會是一個奇蹟了，在如今的資本市場，這樣的奇事，還真沒有發生過一次。」

周宣可不管資本市場怎麼去運作，只要傅天來說沒問題就好，把傅家的困難解決了才是大問題。

傅天來是真的欣喜若狂，把傅氏集團的股份全部掌控在自己家人手中，那就是傅氏獨資了，是屬於傅家人專有的，也就脫離了上市股份的原則，這種事，在歷史上還真沒有出現過。

周宣又說道：「爺爺，這兒的地頭您熟，這倉庫和模具的事，您來辦理，弄好後我再過去。我現在出去到外面走走，去那些華人藥店看看有沒有人參靈芝等珍貴藥品，如果有的話，我買回來試試，看能不能在院子裏種植出來。錢賺多少我覺得無所謂，咱們家的錢，能用得完嗎?用不完，所以還是想法給家人改善身體，讓爺爺祖祖，爸媽都活得更長久才好。」

傅天來笑呵呵直點頭。周宣的意思他明白，也感覺到心熱熱的，這才是真的家人，想的不是錢，而是家人的健康長壽。

傅盈在家跟祖祖公婆一起帶孩子，周宣便一個人出去了。

傅天來想了想，還是隨同保鏢到髮廊去將頭髮染白了，儘量恢復成原來的樣子，這才到公司準備一切事務。

在這段時間之間，傅天來花高價請了一個資本運作小組，請職業經理人來做，他負責提供後備資源。聽到傅天來說他能拿出一千億美金的現金，那小組幾個成員都驚呆了。

現在能一下子拿出這麼巨額數量現金的，只有政府了。五百強的大公司市值超過一千億的也有不少，但要他們拿出一千億活生生的現金，沒有一家公司能辦到。

而且傅天來的口氣很滿，似乎這一千億並不是他的底限。

有一千億，讓他們這些資本運作的高手來辦，那簡直就是如魚得水。讓一個拿一千塊的

人去折騰只有一百塊錢的人，若還整不出動靜來，那就是醜事了。

周宣獨自一個人出去了，轉過彎道，沿著唐人街最熱鬧的街道走過去，準備找一些中藥店看看。

不過，當周宣準備走到另一條街時，身邊「嘎」的一聲響，停了一輛黑色的轎車，周宣偏頭一看，車窗搖了下來，裏面出現的是一張極爲美麗的女子面孔。

周宣呆了呆，這個面孔很熟，怔了怔後才想到，這個女子就是前幾天他在那棟大別墅裏解救出來的臥底員警羅婭。

那個西洋美女，她怎麼會來找自己呢？

周宣定了定神，然後問道：

「小姐，你有什麼事嗎？我不認識你。」

羅婭嘰嘰咕咕地說了一大堆，周宣沒聽懂，立即把手背到背後，按下了語言交流器。

羅婭又說道：「我想跟你單獨談一談，可以嗎？」

周宣這一下是聽懂了，但仍然裝作沒聽懂地搖了搖頭，不再理她，直接往前走，心裏想著，可能是那天羅婭回頭無意中看到了自己吧，否則她怎麼會無緣無故地找到自己？天底下不會有這麼巧的事，事出一定有因，她能找上自己，肯定是對自己有所懷疑。

事實確實是如周宣所想的那樣，羅婭是隸屬於中情局的秘密特工，在臥底失敗後，以爲她會被殺死，但又被救了，回去後，越想越想不通，最後通過某些關係調查了那天在那個地段的視頻。

幾個進出口道路的錄影鏡頭顯示，那天在那棟大房子外，最值得懷疑的就是周宣了，其他在附近的幾個人，羅婭也調查了，很快就排除了，最後調查到周宣時，因爲沒有周宣的身分資料，查不到這個人的背景，但從他回去的路線，鏡頭一直追蹤了過去。

從錄影中追查到，周宣回到了唐人街裏最有錢的首富傅氏的家中，有了確切的地址，就好查多了。

羅婭再針對個人的搜索，自然就很容易地知道了周宣的底細。原來他是剛到紐約的中國人，而且，傅天來正在給他一家人辦理綠卡。

從她得到的資料中顯示，周宣是一個極不普通的人，是傅氏集團龐大財富的法定繼承人，而且他本身的財富也極爲可觀，這麼一個年輕的東方男子，又有什麼奇怪的地方呢？

羅婭又仔細回憶了那天的情況，之後又讓特工暗中調查了那個毒梟的住處，在她離開後，上上下下所有人都恢復了正常。

這當然是在周宣離開以後。周宣把他們的凍結時間設定在一個小時，一小時後，他們所有人就都能夠動彈了。

恢復知覺後，那些人並沒有立即去追查羅婭。對他們來講，羅婭並不是最大的威脅，而是那個暗中將他們所有人都麻醉的人，而且這個人，他們沒有任何一個人發現到。

在所有的影像中，他們都沒能找出這個可疑的人，這讓他們無比的恐懼，究竟是什麼人在背後幹的這件事情？除非那個人是隱形的，否則絕無可能在全方位監控、毫無死角的情況下逃過他們的眼睛。

但現在卻沒有任何發現，所以讓他們十分驚恐。如果得罪了這樣的一個人，那後果實在是相當可怕的。

羅婭同樣是這麼想的。

那群毒梟驚懼不已，是因為他們一點頭緒都沒有，而羅婭還好一些，到底還追查到了周宣頭上，得到一些證實，雖然不知道周宣是怎麼辦到的，但有八成以上的可能性，周宣就是救她的人。

羅婭看到周宣毫不理會，又聽不懂她的話，當即揮手讓前邊開車的同伴追上去，再追到周宣身邊時，在車窗裏把手槍抬起來，對準周宣就是兩槍。

這是強效麻醉槍，因為知道周宣可能有些非常的能力，所以一連還開了兩槍，這種麻醉的劑量是對付野獸的。

周宣完全沒想到她忽然間會動手開槍，一開始也沒有探測，在沒有防備之下，頓時中了槍，身子一麻，就一偏，在他還沒倒下之際，羅婭已經開門迅速竄出來，托著他的身體鑽回了車裏，立刻把車門一關，朝前邊的同伴示意了一下，同伴便開著車迅速離開。

周宣雖然忽然間遭襲，身子麻了一下，但隨即運起異能，把身體中的麻藥轉化消失了，受到麻醉的部分也給恢復了。

實際上，在羅婭拖他進車裏的一剎那，周宣已經恢復了行動能力，只是周宣並沒有馬上反擊，而是想看看羅婭到底是什麼意思，如果有惡意，那他也不客氣了。

第一五五章

天衣無縫

周宣隱隱感覺到，這個女人沒有那麼好擺脫。
就跟她之前說的一樣，在這個國度，到處都是監視器，
自己計畫得天衣無縫的事情，到最後仍然留下了線索，
當真是應了那一句古話：「要想人不知，除非己莫為」。

等到車開出了一段路程後，羅婭才說道：

「周先生，我相信你能聽懂我說的話，實在聽不懂也沒關係，我會找一個翻譯過來。」

周宣不出聲，但眼睛卻是盯著羅婭。

羅婭從周宣的眼神中隱隱有些察覺到，周宣是不是仍有行動能力？雖然有些不相信，但羅婭還是起了警惕的心思，當即把麻醉槍再抬起來。

不過還沒有動，她的手指便冷嗖嗖的忽然發起麻來，一動不能動了，似乎反而是她被打了麻醉槍一般。

羅婭低低驚呼一聲，說道：「你……」驚呼了一下，卻又把後面的話強行吞下肚去。

從這一點看，羅婭馬上就肯定了，這個神秘的東方男子，就是那天救她的救命恩人。因為那天她看到的情況，就跟她現在所遇到的情形差不多。那些人也都是無法動彈的，任由她處置。

只是當時她給嚇壞了，不敢在那裏多停留，要是知道那些人的情況，當時就在別墅裏好好搜查一番了，要是有確切的證據，就可以動手抓人了。但現在卻沒有辦法了，因為沒有機會去搜查，沒有證據的話，又怎麼可能進得了那棟別墅呢？

好好的一個機會被錯失了，但羅婭的注意力並沒有放在那毒梟身上，而是放到了救她的周宣身上。

因爲周宣所顯露的能力太不可思議了。那天她並沒有見到周宣的身影出現，但別墅裏的人卻是個個都如木偶一樣。

後來羅婭又想過，會不會是什麼如「電磁波」一般的新式電子武器？但之後還是給排除了，因爲電磁波武器是不分敵我的，要是那樣的話，她那天應該也被定住了，不可能會例外。但事實並非如此，就說明這個暗中救她的人是有選擇的。

現在在車上，羅婭就被周宣暗中控制了，而且她還不知道一點原因，周宣還被她打了兩槍強效麻醉劑，如果麻醉都無法控制他的話，那就更能確定周宣就是那個救她的人了。

周宣真沒想到，那天在別墅外無意救了她，本以爲隔了百餘米遠，不可能給發現，但他漏掉了如天網一般的監視鏡頭，這些監視鏡頭遍佈在公共場所，由此，他的蹤跡也被羅婭發現了。

羅婭驚訝了一下，想了想，臉上的表情馬上又平靜了，因爲她想到周宣應該不會傷害她，否則那天就不會救她了。於是便靜了靜問道：

「周先生，可不可以和你單獨聊一聊？」

周宣看了看前邊開車的男子，然後不動聲色地又盯著羅婭。

羅婭當即明白了，馬上對前邊那個開車的男子說道：

「瓊……你下車，我要單獨跟密斯周談一談。」

那同事點點頭，然後找了一個地點靠邊停了車，把車和人都留下，接著就走了。

等到那個同伴離開後，羅婭正要問現在怎麼辦，卻忽然發現她的手腳又能動彈了，心中一喜，趕緊說道：

「周先生，我想跟你談談，你說好嗎？」

她想了想，又補了幾句話：「得罪之處，請多多包涵。」

這兩句話卻是用中文硬生生地說了出來，音調不準，有些不倫不類的，讓周宣禁不住笑了起來。

看到周宣啞然失笑，羅婭便知道，周宣絕對能聽懂她說的話，否則周宣不會這樣的表情。

周宣嘿嘿笑道：「那好，你開車，帶我到沒人的地方，再談談吧。」

羅婭大喜，趕緊下車到前邊上車，然後開著車上路，又回頭對周宣問道：

「是到市區的餐廳裏談呢，還是到鄉間找一處隱密的地方談？」

「隨便，不過，我建議到偏僻的地方比較好，高檔的地方我不喜歡去，你要說什麼就儘快，抱歉，我還有別的事。」

周宣自然是不想去那些餐廳、咖啡廳什麼的地方，隨便找個偏僻點的地方把羅婭打發了了事，他可不想跟這個女警有什麼瓜葛。

羅婭當即往市郊開去，在一處荒廢的江邊處停下車來。

羅婭坐在車裏，然後回頭對周宣說道：

「周先生，這兒怎麼樣？四處無人，是個安靜的地方，不會有任何人來打擾我們。」

周宣嘿嘿一笑，說道：「那可不見得吧，沒有人麼，嘿嘿嘿……」

羅婭詫道：「周先生，你這是什麼意思？難道還懷疑我安排了手下來跟蹤？我可以向你保證，我絕沒有派任何人跟著來。」

周宣淡淡道：「我不是說你，我是說別人。」

「別人？」羅婭更是吃驚，四下裏望了望，根本就沒見到任何人，不禁詫道，「哪裡有人啊？」

周宣又嘿嘿一笑，沒再說話。此時，他的異能探測到，三四百米外，那個毒梟正領了十幾個手下，開了四輛車追蹤而來。

他和一眾手下都是全副武裝，荷槍實彈，顯然是有備而來。也是上一次的事把他給嚇到了，不知道又看不到的敵人，誰不害怕？

查也查不到，沒有任何線索，他們毫無頭緒，最後還是把矛頭指向了羅婭。

這段時間，他們都在暗暗跟蹤她，因爲那天被救走的是她，估計她會跟那個救他的人再聯絡吧，只要跟蹤她，也許就能找到那個神秘人。

那毒梟馬克的想法倒是很正確，跟蹤了羅婭幾天，也沒有結果，但他沒有動羅婭，因爲要對付羅婭，並不是很困難，所以他並不著急。

而今天，他終於等到羅婭似乎在跟蹤一個人，一個東方人。

馬克怕驚動到他們，所以跟得很遠。而周宣也沒有發現，等到羅婭對他動手，他被劫持上車的時候，周宣才探測到，後邊三百米外有馬克和他的手下跟著。所以索性沒有對羅婭動手，看看馬克這些人又會做什麼。

羅婭尚在猜測著，轎車低吼的聲音便傳來，四輛車迅速開過來，前後左右分夾包圍著羅婭的這輛車。

一看到馬克陰沉著臉，一跛一跛地從車裏鑽出來，羅婭便嚇得變了臉色。

四輛車裏一下子下來十六七個人，個個拿著槍枝對準她這輛車。

馬克小心地喝道：「出來。」

周宣當然不會讓他們威脅到自己，在他們還沒圍攏之前，便把他們的子彈都作廢掉了，無法射擊。

這會兒，馬克和他手下們正在吆喝著，周宣心裏倒是一點也不緊張，微笑著坐在車裏不動，看羅婭怎麼應付。

羅婭叫苦不堪，這一下可要怎麼辦？只怕這一次就沒那麼容易逃過馬克的手段了。上次自己把馬克狠狠了踢了一腳，那一腳就算沒把他的子孫根廢掉，至少也得讓馬克不能對女人動歪心一段時間了。

此時，馬克的臉色分外沉重，走路明顯還不暢順，一跛一拐的。十幾個人圍上來後，這輛車的前後左右便有十六七支槍口對準了車裏，只要她一亂動，立刻就會變成蜂窩眼。

馬克把手槍搖了搖，喝道：「下來。」

羅婭不敢反抗，此時反抗也沒有用，只會招來一陣亂槍掃射，於是乖乖打開車門下了車，一個黑人男子上前奪下了她的槍。

周宣想了想，還是下了車，他想看看羅婭的反應，然後再看看馬克究竟會做些什麼。

馬克又把槍口對著周宣指了指，問道：

「你……是什麼人？跟她有什麼關係？」

周宣忽然間裝作害怕的樣子，對馬克說道：

「我不知道是怎麼回事，我在路上正走著，這位小姐就開車來追我，……也許是我太帥了的原因……」

周宣一句故意的玩笑話，讓馬克和他一眾手下都哈哈大笑起來，就是羅婭自己也是忍不

住失笑，不過馬上又止住了笑容。

現在，她們落到了馬克手中，只怕會很慘。這個人沒有什麼事是不敢做的，再說，現在又是在這偏僻的江邊，給他綁了石塊沉到江中，不會有任何人知道。

而且，今天她不是在執行任務，上司根本就不知道，所以也沒有任何後援，遇到危險也沒有辦法叫人。如果有什麼事發生，羅婭也只能是認了。

她沒想到馬克會跟蹤她，當然，也是因爲把注意力都放到了周宣身上，對其他事情的注意力就減少了，所以也沒有注意到馬克這夥人。

周宣探測了一下所有人，基本上可以確定沒有任何危險了，這才靜靜地看著馬克等人，看他們會怎麼行動。

馬克凝神想了一陣，然後狠狠地問羅婭：

「老實說吧，上次你是怎麼逃走的？是誰來救你的？那個人在哪裡？是不是這個亞洲人？」

周宣一言不發，羅婭卻是趕緊搖頭道：

「不是不是，這個人我確實是今天才遇見的，以前也不認識，至於上次救我的人，我也不知道是誰，我想你們自己也應該清楚吧，我從頭到尾都沒見到過有什麼人。」

馬克獰笑道：「好啊，你不說是吧，不說，就把你們綁了石塊沉江底，我看你說不說。」

羅婭臉色蒼白，不管她是不是特工，但怕死的心是誰都有的，就是周宣也是一樣，只不過周宣現在知道他自己沒有危險，即使就是給他們沉下江，他也沒有任何的危險，所以根本就不做任何反應。

羅婭也知道這時說什麼都不管用了，只是不應該把周宣牽連進來，但此刻，卻又把唯一的希望寄託在他的身上，希望他就是那個英雄，能再一次救她於危難之中。

但羅婭顯然是失望了，周宣臉上除了害怕，再沒有別的表情，馬克的手下於是竄上前把他用膠布綁了起來。

看著羅婭嬌豔的面龐，性感的身體，馬克心裏如一團火在燒，偏偏下身又痛得難受，一想起被羅婭踢爛了一顆睪丸，他立刻怒不可遏起來。隨即盯著周宣問道：

「你……說，你到底是什麼人？與她到底是什麼關係？說了實話，我就饒你不死。」

周宣當然不會相信他的話。上次那個羅婭的線人還不是說了實話後，就給他處死了，相信他的話的人是傻子。

不過，不管相不相信，對周宣來講都沒有太大關係，因爲馬克等人根本就威脅不了他，只要他想走，這些人又怎麼可能攔得住？

周宣想了想，笑了笑，故意說道：

「那我就說實話了，我其實是看她長得漂亮，想跟她上床，你想不想？看她身材多火辣，多誘人。」

「去死吧。」馬克頓時給氣得七竅生煙，簡直是氣昏了頭，如果周宣說別的還好，卻偏偏說到了他的痛處，現在就是白送給他美女，他也沒辦法享用，褲襠裏還痛得很呢，一動就會劇烈疼痛，哪裡還能動女人？

「綁……綁石塊，丟江裏去。」馬克立即下了命令，不管有什麼後果，他都不管了，先報了仇再說。

幾個手下立即便從後車箱裏取了一條鐵鏈鎖住的石鎖，兩樣東西加在一起，起碼有四五百斤重。這個石鎖是他們特製的，專門用來往江裏海裏沉與他們敵對的人。

每一個都是用水泥澆灌鑄成的，重達兩百多斤，如果再鎖到人身上，那麼無論這個人的水性怎麼好，也沒有辦法掙脫。

馬克一招手，讓手下們過來，用透明的膠布把羅婭和周宣面對面地綁在一起，綁得十分緊，周宣甚至有些身體反應了，他的肌膚緊貼著這個魔鬼身材的美女，又哪裡能平靜得下來？

當然，他心裏對羅婭並沒有起絲毫歪念頭，但人體的正常反應就是這樣，一個正常男人，就算你再堅定，信念再強，但有漂亮的女人貼身勾引的話，無論如何都會起生理反應，這並不表示男人就會對這漂亮女人動壞心思，只是單純的正常反應而已。

周宣本來是完全可以解除這一切的，也可以在剎那間控制住馬克等人，但他想了想，還是決定不動手。

羅婭見周宣沒有動靜的給綁到了一起，一顆心頓時便冷了下去，這樣看來，周宣可能不是暗中救她的人了，是她猜錯了。

馬克的手下把周宣和羅婭綁到一起後，再有兩個人又把鐵鏈圈在羅婭和周宣身上，繞了兩圈後，再用膠布固定，然後狠狠再纏了數十圈。

羅婭心裏絕望不已，綁了這麼多圈，別說掙不脫，就算是用刀子割斷，那也得花好多時間，兩塊水泥石鎖，墜入江中，直接就會把她跟周宣兩個人拉扯到河底，再也上不來了。

馬克看到給綁得有如粽子的羅婭和周宣，眼裏還閃過了一絲嫉妒之色。畢竟羅婭這麼一個漂亮透頂的女人沒給他上到，終究是心有不甘，這一下卻便宜了這個亞洲小子，雖然命都丟了，卻也艷福不淺。

綁好之後，馬克還親自上前試了試，扯了扯，綁得很緊，那水泥石樽他一個人還弄不動，這樣兩塊綁在身上，就算不綁住周宣和羅婭的手腳，他們也沒辦法浮上來，更何況手腳都被膠布纏了無數圈，這樣子除了等淹死，再沒別的可能了。

羅婭臉色白了起來，但又無計可施，對馬克這種人，威嚇恐嚇都沒有用，反而只會激起他更多的殘忍手段，況且上次自己逃走的時候，又對他狠踢了那一腳，他如何能不生氣？沒有更可怕的折磨對她來說已經算是幸運了。

羅婭著急地說道：「馬克，如果我消失了，你將會引來大量的特工調查，你會得不償失的。」

馬克嘿嘿冷笑道：「那又有誰知道？你和這小子的屍體能說話嗎？如果死人能說話，就讓死人去說吧。」

羅婭頓時絕望起來，這個馬克是存心要置她於死地了。而周宣依然沒有說什麼話，給馬克的感覺就是，他已被嚇傻了，根本就說不出話來。

讓馬克惱火的是，他想知道的事，卻一樣都沒問出來，惱怒的將手一揮，喝道：「推下去。」頓時便有五六個身材高大的保鏢上前拖住那水泥樽，另兩個人將周宣和羅婭抬了起來，一起跟著同伴抬著的水泥石樽和鐵鏈往江邊走，拖了足有幾米遠的距離。

到了江邊上，江水深幽，深不見底。

羅婭忽然間張口大叫，但那保鏢有所警惕，伸手便蒙住了她的嘴。另一個人盯著周宣，周宣卻是半點也沒動，也不求救。

幾個人把石樽抬到斜坡處，準備好了便一起鬆手，那水泥樽掉進水中時，「轟隆」一聲，砸起無數水花，跟著鐵鏈入水，大力拉扯著把周宣和羅婭拖進水中。

羅婭知道不能倖免，所以也早有準備，已經深深吸了一口氣，把氣息準備到最佳的狀態。不過再佳也沒有用，因為她知道，這個時間她挨不過兩分鐘，唯一的希望，就是在兩分鐘內把綁住她和周宣的膠布扯開，但這個可能性幾乎等於零。

她自己是個行家，也經常用這招對付犯人，可以說從沒失過手，她此時又怎麼能掙得脫？

周宣自然是不驚不怕的，在下水之前，他早已經探測到了這裏的水深大約是十二三米，中間的位置更深一些。

給水泥樽拖進江水中後，羅婭便拼命掙扎，但根本無濟於事。

而周宣探測著岸上的馬克等人，十幾個人在岸邊看著江水，見到落水處一連串的水泡冒上來後，再等了一兩分鐘，水泡都沒有了，他們這才陰陰笑著一招手，帶了人離開現場。

拖進水的時間不超過一分鐘便沉到了底，河底是石子和淤泥，羅婭越用力掙扎，胸裏的空氣便越少，越受不住，周宣見她忍受不住的時候，便即伸嘴對準了她的嘴，將空氣輸給她。因為若是在這個時候浮上去，馬克等人還沒離開，很容易被發現。

而羅婭給周宣一口堵住嘴的時候，很是氣惱，雖然難受得要死，但卻想，只要周宣把舌頭伸過來，她便一口咬斷他。不過，周宣並沒有把舌頭伸過來，似乎是在喘氣，喘氣的時

候，嘴裏的空氣就跑到了她的嘴裏。

羅婭正氣悶到了極點，周宣嘴裏的空氣一輸送過去，當即給她解了困，她大口大口吸著空氣，好像周宣是個氧氣筒一般，渾然沒有再想起他占自己便宜的事。

等到馬克等人離開後，周宣才運起異能把膠布弄開了一道口子。

羅婭掙脫不了那道鐵鏈和膠布，只能從周宣那兒吸取空氣，忽然間，周宣縮回了嘴。壓力之下，羅婭更沒想到別的，把嘴伸上去便強行吻住周宣，再大力吸氣。

周宣趕緊把頭扭開，羅婭氣憋得難受，當即又狠狠掙扎起來。

猛然間，她手腳一鬆，突然把膠布掙脫了，心裏頓時大喜起來，趕緊把鐵鏈取下，又把周宣身上的膠布鐵鏈解開，拖著他就往上游。

到了江面上，羅婭極為小心地先伸出頭來看了看，看到江面上和岸邊都是靜悄悄的，沒有人聲，這才把周宣的身子拖出水面，大口大口吸著空氣。

這一回，當真有如隔世一般。

等到心跳平靜下來後，羅婭才游向比較容易上岸的位置，又回頭看了看周宣，見他也跟著游過來，心裏便放心了些。

爬到岸上後，她又再檢查了一下這裏的環境。確定馬克等人已經全部撤離了，這兒沒有任何人在，才躺在地上，渾身覺得疲軟不堪。

真的是死裏逃生啊，沒想到給這樣綁住了還能再逃出來，真是不容易啊。

羅婭休息了一陣，看著坐在她身邊的周宣，頓時又想起了剛剛在水底的事，眉毛一豎，當即就是一個耳光扇過去。

周宣一直注意著她，早有準備，一閃身便躲過了，惱道：

「你幹嘛？」

羅婭雙眼直盯著他，惡狠狠地道：

「你剛剛在水底下對我幹了什麼？」

周宣嘿嘿一笑，道：「後來你也不以同樣的手段對付了我嗎？大家扯平了，你不欠我，我也不欠你。」

羅婭一怔，自己還真是追著他的嘴親，雖然不是真親，而是需要空氣，但這個動作，無論什麼人看到，都不會那樣認爲。

「不對！」羅婭忽然間又想到，剛剛那一陣在水底掙扎，膠布纏得那麼緊，後來怎麼可能又掙脫了呢？

記得掙脫以後，她就把膠布扔在水裏了，這時想要再下水把那膠布找回來，實在是不願意，身體也沒有半分氣力，已經筋疲力盡了，更何況，那膠帶在水中肯定給水沖走了，這個

時候要找，又哪裡能找得到？

羅婭畢竟是一個經驗豐富、頭腦又極聰明的特工，在危險解除後，頭腦恢復正常，沒有壓力了，馬上便覺得不對勁，這事情沒那麼簡單。

在水底中，她不是給周宣親了嗎？當時還以爲他是占自己便宜，但後來，自己卻從他嘴裏得到補給的空氣。

在她的印象中，她還沒見到過哪個人能有這種能力。在水中給別人空氣，正常的情況下，一個人呼出來的氣體是二氧化碳，是沒有用處的廢氣，是毒氣，但她在周宣那兒，她肯定吸到的氧氣，而且超過了兩分鐘的時間，他又不是造氧機器，怎麼可能讓她得到這麼長時間的空氣？而且他自己還一點問題都沒有！

把這些一歸納起來，羅婭就警覺到，周宣剛剛是故意的，因爲他肯定知道他們能逃脫出來，所以才不著急，也一點都不緊張，還有那些膠布，如果沒有外力相助，她應該是不可能掙脫那膠布的束縛。

那麼那天在馬克的別墅中，神秘又沒有現身而救了她的人，就一定是周宣了！

周宣見羅婭緊緊地盯著他，這一會兒又不鬧不吵了，反而有些難揣測，難道給她看出了什麼？

自己已經計算得很好，在她快暈倒的時候才弄斷膠帶，膠帶掙脫後，又給他轉化吞噬了。即使羅婭事後要去找這些膠布，她也沒辦法找得到，照這個樣子，她應該是不可能會知道自己有特殊能力的。

「你，就是那天救我的人嗎？」羅婭冷不丁地冒出了這句話。

「救？救你什麼？我幾時救過你了？」周宣裝作不解地問道，「我什麼都不知道，今天給你綁架了，又給人綁石塊推進江裏，這不是你救我上來的嗎？幾時又變成我救你了？」

羅婭見周宣仍在裝傻，也不再跟他多說，想必有些特殊本事的人，都不願意被別人知道他們的能力吧，自己不用再去追問。只不過這個人，她倒是想慢慢瞭解，然後拉爲己用。

當然，羅婭也是太不瞭解周宣了，她只是覺得周宣擁有很強的功夫，卻也沒想到異能上面去，以她絕頂的美麗，要誘惑男人是很容易的，只要她願意，就沒有她誘惑不到的男人。

「好，我們現在不說這個，得找個酒店來解決這一身濕衣服吧？」羅婭想了想，隨口找了個理由。

要是到了酒店房間，那就更容易套到周宣的底細了。

這樣的人，她真想籠絡到手中，馬克那樣的大毒梟，她跟蹤臥底了半年，到現在幾乎可以說是一敗塗地，以馬克那樣的實力和凶狠，居然也被這個神秘人弄得毫無還手之力，這讓羅婭很興奮。

雖然她還不能確定周宣就是那個有神秘莫測功夫的高手，但種種跡象說明，周宣十分有

可能就是那個人。

但是周宣卻毫不猶豫地拒絕了她，伸手指著一個方向說道：

「你走東，我走西，咱們各奔東西吧。我可不想再被你惹來殺身之禍，剛才那些人的凶狠，你又不是沒見到，拜託，你讓我過過安靜日子吧。」

羅婭哼了哼，一時還沒弄清楚周宣的意思。

以她的魅力應該是可以搞定周宣的，可能周宣現在是在試探她的底限吧，看看跟她到酒店後會到什麼程度。通常有美女邀請男士到酒店獨處時，就可以想像到會有什麼樣的事情發生了，也許周宣確實不是常人吧，忍耐力要比別人強得多。

「周先生，你覺得我漂亮麼？」

羅婭在周宣面前轉了一個圈子，做作地挺了挺胸脯。

毫無疑問，她的身材是傲人的，加上她絕頂出眾的相貌，她相信周定絕對只是在試探她的底線。

周宣淡淡道：「還可以啦，在我們東方人眼中，你……」停了停才說道，「在我們東方人眼中，你算是很醜的了。」

這句話差點沒讓羅婭吐血。

其實就算在東方人眼中，羅婭依然是極為漂亮的，美麗的東西，無論在哪裡都是美麗的。漂亮就是漂亮，是不分中西的。或許每個人對美女的看法會有些不同，但如果評論羅婭這樣的美女，也絕不可能說她是個醜女人。

周宣當然是想儘快擺脫這個女人，可他心裏也隱隱有些感覺到，這個女人沒有那麼好擺脫。就跟她之前說的一樣，在這個國度，到處都是監視器，自己計畫得天衣無縫的事情，到最後仍然留下了線索，當真是應了那一句古話：「要想人不知，除非己莫爲」。

現在要想把事情完全抹殺掉，除非把羅婭殺了，或者把她轉化消失，讓她再也不存在，但周宣還做不出這些事來。

如果羅婭是個十惡不赦的惡棍，那他毫不猶豫地會這樣做，但對一個無辜的女人要周宣硬要吞噬她，周宣也是做不出來的。

面對這樣的局面，周宣心想，還是見招拆招吧，沒想到來到紐約，依然還是不能平靜下來。

第一五六章

權宜之計

這當然不是她的真心話，這只是權宜之計。
反正彼此的關係和感情都是可以慢慢增長的，
只要她跟周宣多相處一段時間，
或許這個男子就會感受到她的超強魅力，
只要迷上了她，那事情就好辦了。

羅婭咬了咬牙，忽然笑了出來，說道：

「我知道你是在激怒我，不過，我不會上你的當，我不生氣。反正人人都可以看到，像我這樣的人，也不是醜女人。」

「不上當便不上當吧，我要走了，以後不要再來找我了。」周宣淡淡地說著，然後轉身便走。

羅婭不禁瞠目結舌，本以爲周宣是在試探她，看看她到底能做到什麼程度，或者可以直接跟她上床吧，但現在周宣所表露出來的，卻全然不是那麼回事。

眼看著周宣越走越遠，絲毫沒有要回頭的意思，羅婭呆了呆，趕緊拔腿追了上去。

周宣直是皺眉，這個女人太聰明了，不容易擺脫，如果給她纏上了，只怕會給家人看到，到時引起誤會和麻煩，那就沒意思了。

想了想，當即站住了身子，轉身對追上來的羅婭說道：

「你到底要幹些什麼？」

羅婭這時不再掩飾，直接說道：

「我要你幫我，因爲我知道你不是普通人，能幫我辦到很多我辦不到的事。你上次在馬克那兒救我，沒露出半分形跡便對付了馬克和他的幾十個保鏢。他們和我都沒有發現你的蹤跡，而我會發現你，是從交通監視器的錄影中猜測的，後來我打了你兩槍麻醉劑，你知道嗎，那麻醉槍是用來對付大型猛獸的，兩槍已經是超劑量的了，但後來的過程表明，你根本就沒有受到半點影響，這，你怎麼解釋？」

周宣真是頭痛了，這個羅婭的分析力很強，而且抓住了他所有的破綻。

羅婭又道：

「我們到江邊後，給馬克跟蹤上了，在抓我們的時候，你一點都不驚慌。當時我沒注意，現在想起來了，我們被綁得那樣嚴實，又加上沉重無比的水泥柱，要想逃脫，那比登天還難，一般人根本不可能在那樣的情況下逃脫，但結果呢，我們還不是逃出來了？

而且，當時是你輸送氧氣給我，否則我早就沒命了。我本以爲你是想占我便宜，現在知道你只不過是在給我氧氣，讓我可以活命。在理論上，沒有一個人能在水下通過嘴裏的空氣來給另外一個人輸送氧氣的，因爲呼出來的已經不是氧氣了，而是沒有用的二氧化碳。」

周宣直是皺眉，然後沉聲問道：

「你到底要怎麼樣？」

「很簡單，」羅婭直接便道，「我早說過了，就是要你幫我，幫我把馬克人證物證抓到，將他繩之於法。」

周宣哼了哼，然後沉思起來，好半晌才說道：

「你要我幫你，也不是不可以，但我有兩個條件。」

羅婭大喜，馬上連聲說道：

「行行行，好，你說吧，你要什麼條件我都答應你。」

周宣很是不樂意，但也沒辦法，只好沉沉地說道：

「第一，你要我幫你，得按照我的意思做；第二，你得幫我保密，不能讓任何人，包括你的上司和你的組織在內的任何人知道我，以及是我在幫你。你要怎麼做我不管，反正不能把我暴露出來。」

聽到周宣提出的條件，羅婭呆了呆，她沒想到周宣提出的條件是這樣，要是周宣提出讓她用身體抵償，或者是要大筆的報酬，或是擔任什麼要職等等之類的條件，那她有絕對的把握。

但是，周宣提出的這個條件，完全出乎她的意料，根本就是把他自己隱藏起來，她可是想著要讓周宣幫她做更多的事呢。

周宣沒等她有所反應，馬上又補充了兩句：「還有，這件事做完，我就跟你沒有任何關係了，你不許再來找我。」

羅婭盯著周宣，一副想吃掉他的樣子，偏偏她又知道，面前這個黃皮膚的東方男子，雖然看起來不強健，但她卻萬萬不是他的對手。對方的身手太神秘恐怖了。

「好，我答應你。」羅婭最終還是答應了。

這當然不是她的真心話，這只是權宜之計。反正彼此的關係和感情都是可以慢慢增長的，只要她跟周宣多相處一段時間，或許這個男子就會感受到她的超強魅力，只要迷上了她，那事情就好辦了。

羅婭一向知道，她的身手雖然也很強，但她更強的武器卻是身體，她絕頂的容貌和身材，這才是她最大的殺器。

不過，周宣居然好像對此有免疫力一般，這就讓羅婭有些奇怪了，難道說東方人當真是對西方美女沒有感覺？

羅婭遲疑了一下，然後問道：「那你要什麼時候幫我？」

「就是現在。」周宣狠狠地說出來，索性趕快幫她把事情做了，早做早完事。

周宣又說道：「你是特工，應該會易容術吧？」

羅婭點點頭，然後回答道：「嗯，這是情報人員必修的課程。」

「那你先來幫我們變裝，把我們兩個化到讓馬克和他的保鏢都認不出來的程度就行了。」周宣說道。

要替羅婭解決這件事，那還得到馬克的別墅處再探測一下，看看他的別墅中還藏有毒品沒有。但要到那裏去，就得讓馬克和他的人認不出來他們，所以變裝是必需的。

「好，那你現在必須跟我走，到我的地方去，我要有專業的化裝工具和設備才可以。」

羅婭盯著周宣說著，看著他的反應。

周宣知道這話不假，化裝肯定是需要一些工具的，並不是說變就變，沒有化裝所需要的東西，那也是巧婦難爲無米之炊啊。

羅婭當即攔了輛計程車，先讓周宣上了車，然後自己才上車。

羅婭的住處是在很熱鬧的市區中的一棟大廈，這有點大隱隱於市的味道。

她的對外身分，是一間保險公司的職員，當然，她上班的那間保險公司的店面，其實就是中情局的一個分部。

特工的生活果然與普通人不一樣，羅婭的房子是一間六十坪左右的大套房，裝修極爲豪華，周宣一進去，就探測到她這房間裏有好幾處機關，機關暗層裏，藏有長短等各類型的精密槍械。

羅婭拿了一個遙控器，連按幾下，房間裏的燈頓時亮了起來，各式各樣的豪華吊燈，把房間照得十分明亮，遙控器按動下，連窗簾也緩緩自動拉上。

羅婭毫不避諱地脫掉高跟鞋和衣褲，只剩下內衣和內褲，把傲人的身材顯露在周宣面前。

當羅婭把胸罩帶子解開，正準備要對周宣進行誘惑時，卻忽然間發覺手動不了了。驚愕了一下，還以爲是手麻了，甩甩手，卻甩不動，緊接著，連腳也動不了了，再想動哪裡，哪裡就動不了，這才慌了，難道周宣對她暗中打了麻醉針？

這有可能，因爲她剛剛是背對周宣的。

周宣的聲音在這個時候響了起來，語氣十分冷峻：

「羅婭，我勸你對我少動什麼心眼，你真要有什麼念頭，我可告訴你，我現在就能把你從這個世界上立即無影無蹤地蒸發掉。這次我是真心想幫你，是我的仁慈心在作怪，我不想傷害你，但如果你想脅迫我或誘惑我，一定要逼我動手的話，那就是你的末日了。」

周宣這話說得極爲冷酷，羅婭心裏也有了些許恐懼。看來她是真的想錯了，這個年輕的東方男子對她的美麗確實沒有半分邪念，要是有的話，現在這種機會，他又怎麼會不把握？如果想要得到她的身體，那他毫無困難地就可以控制自己，只是周宣顯然對她不感興趣，所以羅婭才感覺到了害怕，感覺到她無法控制住這個男子。

周宣又冷冷道：

「我放開你，你給我記住了，下次再出現這種情況，你我的交易就終止了，而且，我隨時可能終結你。」

這幾句話一說完，羅婭便驚奇地發現，她全身又都能動了，也能說話了，這才更加感覺到驚訝。

如果周宣是給她打了麻藥或者麻醉劑，那她應該不可能馬上就恢復行動能力。如果周宣能讓她的身體恢復正常，並且是在一瞬間恢復她的自由，那就說明，周宣對她的控制並不是用麻醉劑一類的東西，而是某種高深的功夫，比如東方人最神秘的點穴術。

羅婭捂著胸口趕緊進了臥室，在裏面穿了衣服後才出來，其實就算在房間裏面，她也沒有絲毫的安全感，因為她覺得周宣如果想要動她，無論她是不是隔著房間，他都可以輕而易舉地控制住她。

她在梳粧台下按了一下機關，翻過來的暗格裏面，有各式槍械，也有化裝需要的器具，當然，這些不是普通的化妝品，而是真正能改變相貌的物品。

「周先生，請到這邊來坐下吧。」羅婭再無先前的自信，恭敬地請周宣過來坐下，讓他瞧著鏡子裏，然後自己幫他化裝。

大約半小時後，周宣從鏡子裏已經認不出裏面的那個人是自己了，臉微黑，頭髮變得金黃，鼻子也給墊高了，眼睛裏又給戴了一副隱形眼鏡，所以眼珠的顏色變成了藍色，十足一個洋鬼子的模樣了。

羅婭也給自己化了妝，把她金黃的頭髮染成了紅色，皮膚也弄得黃了些，臉部的面容也變化極大，看起來極有味道，卻遠沒有她之前的美麗。

兩人化好裝後再下樓，周宣以為她又要攔計程車，卻見羅婭徑直往一條巷子口走去，那邊停了一大排車。原來她的車停在這裏。

周宣在原地等著羅婭把車開過來。見羅婭到了車邊，卻是挑了一輛黑色的轎車，左右瞧了瞧，從手裏滑出一根幾寸長的細針，沒幾下便把車門打開了。周宣這才知道她是要偷車。

羅婭偷車的經驗很豐富，才一轉眼的工夫便把車開了過來，停在周宣身邊。

周宣一上車，羅婭便將車快速駛上公路。

過了這個路段後，才將車速稍慢了下來，側頭對周宣問道：

「現在要到哪裡？」

「還能到哪裡，到馬克住的地方吧！」周宣淡淡地回答著。

他也沒有別的辦法，只能先到馬克的別墅處再探測一下，看看那裏有沒有毒品之類的東西或其他線索。

羅婭把車開往馬克的別墅，周宣怕引起馬克的注意，特地讓羅婭把車停在了別墅三百米以外，這麼遠的距離，就是馬克和他的保鏢，也不可能有半點懷疑了。

坐在車裏，羅婭十分不解，這麼遠的距離，周宣要怎麼找證據啊？但周宣毫不理會她，運起異能探測著整棟別墅。

馬克並不在別墅裏，別墅中只有六七個保鏢在裏面，這次倒是一個女人都沒有，可能是

馬克這個老闆不在的原因吧。

再仔細探測了一下這棟別墅的所有地方，包括地下室以及夾層暗室等，暗藏的槍枝不少，不過卻沒有毒品。

有些款式的槍枝在紐約也是屬於違禁品，法律雖規定個人可以擁有槍枝，但是也規定了類型，重型武器以及殺傷力很強的那種，還是被禁止的，只有拿到持槍證的武器才是合法的，而馬克這兒的武器，顯然有一大部分都是不合法的。

不過周宣知道，像這種人，持有非法槍枝，並不是什麼致命的大罪，不能因此就扳倒他。但如果扳不倒他，讓他再出來作惡，或者惹來他的報復，那就是大麻煩了。

周宣甚至想把馬克一夥毒販直接打到地獄之中，讓他們永世不得翻身，這樣才不會再構成威脅。

以前在國內的時候，他還有些顧忌，但現在到了紐約後，周宣的想法便是，只要對他一家人有威脅的人事物，一定要徹底解決掉，絕不手下留情。對敵人的仁慈，就是對自己的殘忍，尤其是像馬克這樣的人，你永遠都不可能感化他，只要他一有機會，第一個念頭便是報仇，他的冷酷殘忍，周宣是見過的。

在車裏坐了一陣子，羅婭見周宣並沒有什麼動作，也不下車，有些奇怪，便問道：

「要不要我摸到別墅檢查搜索一次？」

「是聽你的，還是聽我的？」周宣沒好氣地回答著，對羅婭半點情面也不留。

這把羅婭氣得差點沒有岔過氣去，除了馬克那樣對待她以外，可從沒有哪一個男子對她能這麼忍心。

說實話，馬克對女人還是不錯的，尤其是美女，之所以對羅婭殘忍，是因爲發現了羅婭的真實身分。而並不是對她沒興趣。所以，在羅婭見過的男人中，其實只有周宣這個人是真的不被她的魅力所左右的。

到現在，羅婭甚至懷疑周宣是不是個同性戀？否則哪會對她這種級別的美女一點都不動心。這是因爲羅婭不明白周宣的性格，也不知道他對傅盈的感情所致。

周宣坐得有些不耐煩了，可又不想現在就回去，那樣的話，他以後還得與羅婭見面，不如就在這裏等到馬克回來。如果馬克帶回了毒品，或者要到別的地方提取毒品，那他就可以跟蹤他了。

「你去買點吃的喝的，我餓了。」周宣不客氣地吩咐著。

羅婭恨得牙癢癢的，但又不敢對周宣發火，只能默默順從。

周宣一說完，便即靠在座椅上閉眼睡覺，羅婭氣哼哼地跑到外面的餐廳買吃的，最近的一間餐廳離這兒有四百米，剛好在周宣的探測範圍以內。

就在羅婭在餐廳裏點了餐點等待的時候，周宣忽然探測到馬克回來了，一行四輛車從前門駛進。

這四輛車就是他們去做掉周宣和羅婭時的那四輛車，手下也還是那些人，不過車裏沒有毒品，這讓周宣有些失望。看來，今天想要把這件煩人的事解決掉，是有些不可能了。

馬克和他的那些保鏢，做事狠毒，這是周宣很痛恨的，這種人留在世上，也只會爲惡社會，成爲罪惡淵藪，所以對他下手，他也沒有什麼好顧慮的，所以在羅婭的要求下，他還是答應了。

馬克的表情很囂張凶悍，也有一絲恐懼，各種表情彙聚在他臉上。他現在只想把那個躲在暗處干擾他的人揪出來，一片一片地割他的肉，讓他下油鍋、上刀山。

他有一千種把人折磨至死的殘酷辦法，但他也清楚，到現在，他還是沒有辦法把那個讓他連覺都睡不著的人找出來。所以才讓他那麼害怕。

上次羅婭把他的命根子給踢成重傷，這段時間，他這所別墅裏便斷絕了女人的身影，看到女人只會讓他痛苦，讓他更有怒火。

周宣在車裏探測到馬克那陰沉的表情，心裏就有些不暢快，這個人太心狠手辣了，想了想，當即運了異能，把馬克和他所有保鏢屬下的身體都轉化了一些細微的分子。

金屬是有毒性的，一般人在平時都會吸入一些金屬分子，當然，只要在人體承受的範圍以內就不會中毒，但是周宣的刻意轉化，就肯定不一樣了。

周宣把他們身體的血液轉化了一些分子，這些分子如果用肉眼來看的話，是看不到也看不出來的。

周宣把他們血液中的分子轉化成了黃金分子，讓血液中的含金分子增加到能毒死人的地步，不過分量十分細微，根本察不出來，但會在一個星期以後，慢慢呈現中毒的症狀。

這種把毒分子輸到血液裏的方法，要比其他中毒要厲害得多的。比如以往所說的吞金中毒而死，那並不是金屬中毒，而在血液裏加入的金屬物質，當然是要更厲害得多。

只不過周宣做的量不大，只是在血液中轉化了分子，超過身體能承受的分量，如果到醫院檢查的話，也很難檢查出來。當真正病到毒發時，即使換血也都難以救命了，因爲到那個時候，黃金的毒性已經侵蝕進身體所有的器官中了。

周宣這一手很毒。在沒有受到即時威脅的情況下，下毒置人於死命，這還是第一次。以前他只有在生命的險要關頭才會那麼做，主動給人家下毒，他還從沒有過。

把這件事做了後，周宣定下心來等羅婭。

十多分鐘後，羅婭把餐食打包回來，上車後氣哼哼地遞給周宣。

周宣也不客氣地拿過來。裏面是幾個漢堡，一杯冰鎮可樂，當即先將可樂拿出來，狠狠吸了一口，然後又拆開漢堡，大口大口地吃起來。

羅婭氣鼓鼓地也跟著吃。

一直不見周宣有什麼行動，她當然不高興了，但畢竟是自己求人家的，求人辦事，又怎麼能急急催促？

周宣幾口把麵包吃了，然後又喝了幾大口可樂，覺得飽了，這才轉頭問羅婭：

「你查了這麼久時間，有什麼線索沒有？」

羅婭搖搖頭，回答道：「沒有什麼線索。最近這段時間接觸得比較深，就被他發現了我的身分。這個馬克心狠手辣，而且手下很多，之前，我們有三個臥底已經死在他的手下了。」

周宣沉吟著道：「你查他，是想讓他坐牢，還是想讓他死？」

羅婭嘆了一聲，說道：「這裏沒有死刑。我如果掌握了他的證據，查到他所有的犯罪事實，依照這邊的法律，至少可以判他一百年以上的監禁。馬克這個人，做事殘忍到令人髮指，實在是死有餘辜。」

周宣心裏有了數，自己下毒的事，當然不能對她說出來，免得馬克等人相繼死後，給自己惹上麻煩。好在馬克這樣的惡棍，弄死了也沒有人可憐他，那就好得多了。

見到羅婭不滿意的表情，周宣笑笑道：

「好了，今天看樣子是沒有什麼發現了，我要回去了，你把我送到前面的叉路口就行了。」

羅婭張口結舌的，沒料到周宣忽然就說不幹了，當即急道：

「那……那怎麼行？如果你不幫我把馬克他們繩之於法，我……我怎麼交差？」

總算說出老實話了，繩之於法倒是小事，她想借這件事撈個升職的機會才是重要的。

周宣想了想，然後問道：「那你跟我說實話，你是什麼職位？有什麼對手？要是你說實話，或許我還能幫幫你。」

羅婭呆了呆，這些事她實在是不想說，但現在遇到周宣，可算是她遇到的一個難得的機遇。

在中情局紐約分部中，她只是一個小組長，分局的一個行動組長將要退休離職，分局局長便下了命令，只要誰有本事破下一樁大案子，立馬升任這個行動組長。

羅婭當然想得到這個職位，但她的對手很多，有幾個能力還很強。

當然，羅婭也是一個能力極強的人，長得又漂亮。但如果想要當上這個組長，不下猛藥肯定是不行的，如果只是破個一般的案子，顯然起不到大的功效，要破就得破個猛的，比如像馬克這種超級大毒梟、黑社會的大頭目，如果能把他成功逮捕歸案，那肯定是一樁大功勞，升任組長就有戲了。

而羅婭就是因為這個想法，所以在五個月前，就以另外的身分接近了馬克，但馬克實在

是太機警太小心，又心狠手辣，難以真正掌握到他的證據。

羅婭猶豫了好一陣子，才說道：

「我在紐約分局只是一個小組的副組長，實際上並沒有掌握到行動權。在中情局，大致上可以這樣說吧，除非有天大的功勞績效，可以馬上給予高職位或者高獎金，否則就是論輩分講資歷，講關係。如果有強有力的靠山，當然可以升得快些，這個道理在哪兒都一樣。我如果想要升職，那就得有驚人的成績，否則別無他法可想。」

周宣心想，這個羅婭現在說的算是真話了，但是對馬克這件事，她肯定是沒辦法靠這件事升職了。這些人已經被他給做了，也沒有什麼好後悔的，只是羅婭沒辦法在這件事情上面得到好處了。

馬克等人的死，只怕會惹起黑幫中的騷亂，對警方來說是件好事，但也許是件壞事。因爲大頭目被抓或者是被殺了，有可能引發更大的動亂，黑幫手下的人爲了爭權奪利，可能出現更大的亂子，殃及池魚的事也不少見。

周宣猶豫了一下，然後又問道：

「現在除了馬克這件事，還有什麼案子能讓你有升職的可能？」

羅婭怔了怔，隨即說道：「大案當然有，但只會比這件更難，更不可想像，難度太大了，我根本不敢去想。」

還沒等到周宣問她到底是些什麼事，羅婭就自己說了出來：

「比如說到阿富汗抓幾個基地的恐怖分子的頭目回來，或者是探查到國外那些高科技的秘密資料，這些都比抓到馬克的功勞還要大，但誰不知道啊，這些可都是辦不到的事。」

周宣有些發怔，這些他可不想幹啊，如果只是在紐約幫她抓幾個大毒梟，那還好一點，但要去做間諜，盜竊國外的高科技機密，或者去抓什麼恐怖分子，那自己是吃飽了沒事幹，什麼事不好幹，要去白給山姆大叔幹活？

為了這個妞把自己攪進來，當真是頭痛。看來還真是難辦，說不得自己就要賴食言，裝做不知道，自己又不幹犯法的事，她還能把自己怎麼樣？惹急了，就把她從地球上除掉，讓她連渣都不剩，看她還找不找碴。

第一五七章

見面禮

「既然是朋友，就有交情在了。
這點東西，值不了幾個錢，就當是我們兩個的見面禮吧。
只要你願意，以後經常過來聊聊天，談談中醫的心得，講講醫理，
探討探討我們中國醫術的學問，就夠了。」

羅婭悶悶不樂開著車，這個周宣，自己威脅不到，也無法掌控，當真是無處下嘴啊。

一般的人，以她的身分要動手，那還不是輕而易舉的事？不過，周宣的身分不一般，身兼傳家的女婿身分，萬一出了什麼問題，都會是大事件。而且真要動他，以他那神鬼莫測的本事，要反擊她也是個令她頭痛的事。

她跟周宣沒有深仇大恨，不是競爭也不是敵我關係，沒必要跟他做到翻臉的地步，實在太危險了。只可惜，周宣不太好拉攏，根本就沒有辦法弄他。

所以羅婭才愁悶。本想借周宣的能力來讓她跳級升職，可惜要讓周宣受她的掌控，似乎比那些更難的行動都還要難。

在岔道的路口，周宣擺擺手道：「就在這兒，我下車了。」

羅婭咬著牙停了車，心裏想著，是不是就這麼放他走了？但周宣毫不理會，逕自開了車門下車，這兒離唐人街只有一街之隔，不如早點下車。

羅婭無可奈何，這個人，她完全沒有辦法，動武來硬的，人家比她更狠，你沒動，人家已經把你治得動都不能動了，拿什麼跟人家拼？

看著周宣下車後施施然往前走，羅婭氣呼呼的，想了想，便也咬牙下車，跟在後面，反正她現在也沒有辦法了，臥底又宣告失敗，還差點被姦了扔屍。

周宣沒有注意，也沒有運異能探測防身，因爲他根本就沒想到，所以也沒發現跟在後面的羅婭。

到了唐人街後，看著那些熟悉的字眼，周宣心裏就有種極爲舒暢的感覺，在街上左看右看的，看到一間中醫館時，便走了進去。

看店的是個五十多歲的老頭子，是個中國人。

看到周宣走進去，那個老醫生當即推了推鼻梁上的老花眼鏡，然後用有些蹩腳的英語問道：「先生，哪裡不舒服嗎？」

周宣笑著搖搖頭道：「不是的，我想問一下老先生，有沒有新鮮的人參，或者是何首烏、茯苓、靈芝等等。」

那老醫生怔了怔，周宣說的是標準的國語，而且說的這些藥材也都是最有名的，要一件都是難事了，更何況要這麼多種？

「你……這可難辦了，小哥，做成品的有，但都是年數不久的，要新鮮的就難些，不過，如果只是要年數比較淺的，也不是難事。但想要有價值、藥效好的年數極久的，那就是可遇而不可求的事了，就是拿錢也是買不到的。」

這個周宣自然知道，他本來就沒有想要年分很久的，只要是其中一種，一年半載的都行。

「老先生，只要是新鮮的，不論年分，我都想要，我只是想學一下如何栽培藥材，來到

紐約沒別的事做，想找點事做，我在國內學過一點醫術，對這個有一點愛好。」

那老醫生一怔，隨即笑道：

「真的？小哥也學過醫？呵呵，你喜歡種草藥？倒是碰到知音了，嘿嘿……」說著朝裏面叫了一聲：「何三，你出來看一下店。」

隨著他的叫聲，裏面出來一個二十五六歲的男子，也是中國人，盯著周宣看了兩眼，不知道是什麼事。

那老醫生對他擺擺手，然後招著手對周宣說道：

「來來來，跟我到後面看看。」

周宣笑嘻嘻跟著他，這個老醫生肯定不是對他有歹意。

老頭子帶著他一邊走，一邊說道：

「我姓何，叫何柄坤，老家在東北長白山，家裏世代行醫，做中醫，來紐約差不多也三十多年了吧？唐人街的中國人都喜歡看中醫，在唐人街的中醫館有三四家，生意都還過得去，不說能賺多少錢，還算是一份穩定的收入。」

說話間，已經來到後院。

出了裡間的門，周宣便覺得豁然開朗，後面是一片占地百畝多的大院子，裏面栽種了無數的藥材，有些周宣能認出來，有些卻認不出來。

「小哥兒，如何稱呼啊？」老何醫生問周宣。

「我姓周，名叫周宣，老家在湖北，剛來紐約沒幾天，全家人都過來了，定居紐約。」

周宣一邊回答，一邊看著院子裏的植物藥材。

老何更是歡喜，又帶著周宣參觀他的藥材園，一邊指指點點，一邊又說道：

「到了國外就別那麼生分了，小周，你看看我這些藥材，都是我親手種植的。我在城郊外還租了一塊地，專門種藥材，以供應我藥店的需求，在城郊外的藥材園，面積還要比這大得多，不過，最貴重的藥材都在這個園子裏。」

說著，老何把周宣帶到另一邊。

這邊的一小塊地裏，生長著一些細細葉子的植物，周宣認不出來，也沒有見過，不過聞到這些植物的味道時，身體中的異能又有了之前那種聞到何首烏的暢快感覺，不過味道要淡得多，從這一點看，這些植物的生長年分是比較短的。

不過周宣還是十分高興，他要的就是這種植物，不管它生長了多少年。

雖然不知道這植物是什麼，但肯定是對自己有益的，因為能讓異能興奮的植物，想來也不會太多，何首烏算是其中一種吧。但眼前這些植物肯定不是何首烏，因為與他在傳家院子裏看到的完全不一樣。

周宣一邊聞著味道，一邊又探測起院子裏其他的藥材，看看還有沒有能讓他異能興奮的

藥材。

這一探測，還真讓他探測到了。

在院子裏，他還嗅到另外兩種讓他異能興奮的味道，不過濃度都要比傅家的何首烏要淡，估計是沒有過十年的藥材。

老何有些自得地介紹著：「這個就是東北老山人參種，實在太難培植了，我可是花了無數心血才摸到的竅門，也只種植了幾十株出來。」

果然是人參。

周宣心裏一興奮，然後又瞧著另外兩種味道的方向，指著那面說道：

「何老，那邊，那個是何首烏吧？另外一個……呵呵，是不是靈芝啊？」

周宣看到其中一個，味道就跟何首烏一樣，而且那植株也跟在傅家院子裏見到的一模一樣，不用說，肯定就是了。

而另一處的那個東西，一看就跟有些老樹菌一樣，黑色相間的花紋，這在超市中見到過，是靈芝，不過年分很淺，而且是很普通的靈芝。

老何詫道：「你怎麼認識？……呵呵，看來你倒真是學過醫的，有幾分見識，那的確是靈芝和何首烏。」

現在的年輕人，別說學中醫了，就是學，也沒有多少底蘊，而且沒有耐心，中醫遠比西醫更難學，而學中醫難，對中藥的認識和栽培就更難了，很多中醫生壓根兒就沒見到過真正的靈芝。

而周宣居然認識靈芝和何首烏，看來還真是有些底子。

靈芝是以菌類的狀態存在，瞧樣子也許可以猜得出，但何首烏就不同了，如果不是真的了解，是不可能從植物枝葉的樣貌上就猜得出來的。

周宣當然也是不認識的，但勝在他的異能，因爲異能對這類的珍貴藥材會有感應，嗅到就會興奮起來，所以他才會認得出。

周宣見到老何種植的這幾種藥材都是他想要的東西，想了想，微笑道：

「何老，我想跟您交換一下，或者你賣給我幾株吧，我可以出高價！」

老何笑笑道：「你真想要，我送你兩株就可以。這東西雖然說是很珍貴的藥材，但年分很長的才值錢。靈芝、何首烏也是一樣，長個一年半載，或者是幾年而已的，藥用價值就差遠了，而且，現在國內人工培植的太多，像這樣的，其實值不了多少錢，很平常的。」

老何並沒有因此而敲詐周宣，而是說了實情。

剛剛周宣說願意出高價來買，所以即使老何故意出個離譜的價錢，也許周宣還是會要。但是老何沒有那樣做，一來是他本性憨厚踏實，二來又與周宣聊得很愉快，感覺很投緣。

周宣想了想，然後說道：

「何老，這些人參、何首烏、靈芝，每一種我都想要幾株，如果何老送我的話，那太不好意思了，我願意付個價錢，怎麼也不能讓何老吃虧蝕本啊。」

老何擺了擺手，笑呵呵地道：

「沒事，小周以後要是在紐約定居的話，那咱們就是朋友了。既然是朋友，就有交情在了。這點東西，認真講，值不了幾個錢，你真想要，就別再多說，就當是我們兩個的見面禮吧。只要你願意，以後經常過來聊聊天，談談中醫的心得，講講醫理，探討探討我們中國醫術的學問，就夠了。」

周宣笑笑道：「那好，既然這樣，我就多謝何老了。我每一種都拿個三四株吧。明天，我就給何老送來一個驚喜。」

老何笑笑道：「驚喜就不必了，小周有心的話，就過來陪我聊聊。在唐人街，中醫已經很沒落了，如果不是諸多老顧客的信任，討個生活都難了。」

老何說著，就到院子邊上找了個小盒子，先裝了些土，然後說道：「要培植它們，不能離土，離土便會受損。植物其實跟人一樣，離開生長的環境就會不適應，如同人到水裏，魚兒到岸上，就會生病。」

周宣點點頭。

老何踏進土中，挑了幾株長得漂亮的人參，用一個小的掘土鋤在人參株苗的四周切了一個圓形，離株苗有兩寸左右，準備將株苗連土一塊掘起。

忽然，外面那個叫何三的男子急急地進來，老遠就叫道：

「二叔，陳老爺的兒子陳總經理過來請二叔去看看，說是老太太的風濕又復發了，又痛又哼的……」

老何一怔，瞧了瞧周宣，當即說道：「小周，你看……要不你等一下，我等會兒回來再給你弄！」

老何沒有說讓周宣自己弄，這當然是有些不放心，要是周宣弄壞了他的這些心肝寶貝，他可是會心疼的。

陳老爺家的老太太是他的常客，也是大客戶。在唐人街，陳家也是數得上的富豪，老何給陳家看病，得到的出診金要遠比別的客人高很多，所以他也不想怠慢。

周宣心裏一動，心想：老何既然這麼爽快大方，自己何不幫他一手？想了想便笑道：「何老，要不這樣，我也略懂一些醫術，不如我就說是你的弟子，跟何老一起去出診，就算是給你打個下手也好吧！」

老何略一思索，當即點頭道：

「也好，你跟我去。不過，他們問起的話，你就說是我國內的親戚，剛過來的，算是我的徒弟吧！」

周宣很對他的頭，再說，看周宣也是個醫學愛好者，帶去也不怕會搶了他的風頭，索性答應了他，一起去陳家。

周宣笑容滿面地跟在老何身後。老何到前面的店中，把藥箱拿出來，又檢查了一下，拿了所需要的器械和藥品，然後才蓋上蓋子，隨後又對周宣招了一下手，「走吧！」

在診所的等候室，陳家派來迎接的司機正等候著，看到老何出來，趕緊站起身來跟著出去。

停在診所外的，是一輛勞斯萊斯的老款車，雖然車型較老，但價值卻是不菲，看得出陳家的資產不菲。

以前都是只有老何一個人去出診，今天忽然多了一個年輕人，司機不禁怔了一下，但隨即恢復過來，醫生出診，偶而帶一個幫手也是很正常的。

那司機拉開車門，請老何先上車，接著等周宣也上了車，隨即關上車門，然後到前面開車。

周宣在車上沒有與老何交談，以免露出破綻，給老何帶來不必要的麻煩。

陳家的房子並不是在唐人街，而是在富蘭克林街，是一棟很氣派的豪華建築。建築裏面，同樣也極豪華。

不過，周宣毫不在意。豪華對於他來講，沒有意義。

傅家的裝潢雖然不比陳家豪華顯眼，但那些價值非凡的古檀木紅木傢俱，遠比這些更有底蘊，從這一點上就能看得出高下。這個陳家，雖然也是富豪，但看起來就好像個暴發戶一般。

在陳家的豪華大客廳裏，陳老爺子請老何和周宣上座。

看到周宣時，陳老爺子有些詫異地多看了一眼。老何當即介紹道：

「陳老爺，他叫周宣，是我老家的親戚，也算是我的一個弟子，剛到紐約，醫術剛入門，索性把他帶出來學點經驗！」

陳老爺點點頭，也就不以爲意，然後對傭人吩咐道：

「把老太太推出來！」

老太太是陳老爺的髮妻，六十多歲了，比陳老爺小三歲，她的風濕病是老毛病了，一直治不好，無法斷根。

國外的西醫很難根除風濕病，因爲風濕是入骨的病，日久年長，慢慢累積的，因此根本就治不了。雖說風濕不是要人命的絕症，但同樣也是難症，治不好又斷不了根，病人只要風濕病一發，走不了路是很平常的事。

老太太在西醫院也治療過，但效果不佳，還不如老何的針灸來得有效。每當風濕病發作

時，那種麻癢是在骨子裏的，想抓都抓不著，難受得很！而老何的針灸則很有效，讓老太太感覺到骨子裏有火燙的感覺，能鎮壓住一些麻癢。

老何已經爲老太太治療這個風濕好幾年了，只是不能根治，只能替老太太緩解難受的程度。不過，即便這樣老太太也願意，少一些痛苦也好。至少也證明了，老何的治療比西醫有用。

傭人把老太太推出來後，周宣見老太太一副富態的相貌，只是此時眉頭緊皺，鼻中直是哼哼，顯得很難受。

老何也有些皺眉頭。老太太近年來發作的次數越來越多，也越來越重，顯然他的針灸也不是很管用了，風濕已經深入骨髓，已經與骨頭混爲一體，無法剝離了，所以，風濕的難治也就在此。

老何把藥箱子打開，把一個小布包取出來，打開布包，布包裏是一排光閃閃的銀針。

周宣當即把頭湊近了些，對老何說道：

「二叔，您教我的點穴按摩術，對風濕的療效也很不錯，不如我先來給老太太治療一下吧？」

老何一怔，他幾時教了點穴按摩術給他？怔了一下才醒悟到，周宣是想動手給老太太治風濕病，不禁有些不高興。

如果是在診所裏，面對普通病人時，他要動手試試醫術那還可以，但這可是陳老太太，是他的大客戶，如何能得罪？就算周宣真是他弟子，醫術再好，但在陳老太太面前，都還得他自己親手治療才行，這才能顯得他的誠意。

而且老陳一家人也有些不高興。給老太太看病，錢不缺不少，要的就是最好的醫術，最好的醫生，幾時輪到一個徒弟來出手？

周宣知道老何和陳家人都是同樣的想法，當即說道：「老太太，我二叔教我的手法很有用，還能根治風濕，您要不要讓我試試？」

本來他們都不願讓周宣出手的，但周宣一句「還能根治」的話，讓所有人都吃了一驚，就是老何自己，也從來不敢把話說得這麼滿。

風濕發現得早時，那是很輕易就能治療好的，但初患風濕的人往往都是毫不知情，長年累月之下便患上頑疾，等到受不了的時候，已經治不斷根了。

無論是中醫西醫，在老風濕面前，都不敢說治斷根的話，周宣這麼一說，讓他們都不敢置信。

老何心中真有些不樂意了，因爲他很討厭說大話的人。這風濕雖不是絕症，但肯定是治不好、斷不了根的病，周宣如此年輕，本來是跟他挺投緣的，但這句話一出口，頓時讓他改變了對周宣的看法。

不過，陳家人可就感興趣了，聽到能斷根的話，如何不喜？就算是試，也要試一下，治不好的話，再來訓斥他。

「這位先生，如果你真能把我太太的病徹底斷根，要多少錢的報酬都可以！」

陳老爺當即許下了重酬，不說明確數目，只要能把老太太的風濕治斷根，這個數字就由他自己來開。

這麼多年來，爲了太太的風濕，他花的錢可不是少數，要是真能斷根，錢自然不是難事，能省掉了太太的痛苦，那才是好事。

老何亦無話可說，臉上陰沉沉的，沒想到周宣並不是個老實人，心機這麼重，他本是對他一番好意，想不到周宣卻是打蛇隨棍上，現在不是要破壞他的生計嗎？但陳老爺已經這樣說了，他也不能反對，只能讓周宣出手。

周宣絲毫沒顯出怯意，反而很自然地上前，走到老太太的輪椅前，先是問道：

「老太太，您這風濕，讓您有多久不能方便走路了？」

老太太風濕病雖重，卻仍耳聰目明，周宣的話，她聽得很清楚，當即回答道：

「有一年多了。風濕一發，至少就有七八天或十來天不能走路，每到陰雨天將要來臨時，風濕病就犯了，等到這段時間過去，又能好個七八天，再次發作的時候，就又不能走動！」

周宣點點頭，當下伸出右手食指，輕搭在老太太手腕上，好似是把脈一般，實際上卻是運出異能探測著。

老太太的雙腿中，骨頭都有些變色了，像是腐蝕的樣子，原來風濕已經滲透了腿骨，這個樣子，除非換掉腿骨，否則絕沒有可能把風濕治斷根的。

不過，周宣就不受這個局限了，他的異能治個風濕自然不在話下，比風濕更難治癒的絕症，他都能治好。

周宣也不去理會陳家一家大小十幾口人的注視，以及老何的氣憤，等一下老何就會明白真相，對他感激不盡了，這時就讓他多忍耐一下吧。

老太太也不怎麼相信周宣真能治好，這個風濕病折磨了她數十年，能徹底斷根，是她一直以來的夢想，平時想著，只要能減輕一下痛苦就再好不過了，斷根根本就是一個奢望。

周宣裝模作樣地給老太太把著脈，探測了一下風濕病的狀態。試探一下後，他就蹲下去，把老太太的褲腿捲起來，老太太的雙腿露了出來，這雙腿明顯有些消瘦單薄。

在客廳裏的人見周宣既不拿針又不拿藥的，就只是伸手在老太太腿上摸索著，都有些不相信，要不是看在老何的面子上，根本不會給他這個機會。若是周宣之後提出騙錢的話，就準備立刻把他趕出去了。

周宣把一雙手按在老太太的腿上，似乎是在摸索穴道的樣子，也就是在這個動作下，周

宣運起異能，先把老太太的腿骨裏的風濕氣驅除出來，然後把骨髓裏的細胞改善恢復，就等於把老太太的骨髓換了一遍，變成了新鮮的血液，而且骨頭中的風濕氣也給驅散消失了。

當然，觀看的人是不知情的，只是老太太自己有些感覺。

當骨髓血液改善重生時，骨頭裏感到又痛又麻又癢，但與風濕發作時的那種麻癢又不同。風濕麻癢時，那種難受是無法形容的，是恨不能把腿砍斷的感覺。而現在的麻癢痛，卻是很舒服的感覺，就好像皮膚癢的時候，你伸手去抓，哪怕是把皮膚抓破了，卻很舒服，即使痛也是歡喜的。

老太太甚至是叫了起來，這讓陳家人和老何都驚訝起來，老太太雖然叫了起來，但表情卻是很享受，不像是受不了的樣子。

周宣一邊在老太太腿上按摩，一邊運出異能加快更換骨髓裏的血液。當然，他對老太太身體的其他生理功能並沒有做改善，也不必做得太超過，只要能把風濕病解決掉就可以了。

老太太麻癢的感覺越來越濃，到後面乾脆是大叫了起來。

「哎喲哎喲」的聲音中，讓陳家人看得驚奇不已，老何也由憤怒討厭變成了驚訝，進而是驚奇。

周宣的動作，他們都是看得清清楚楚的，並沒有使用太大太重的力氣，僅僅是跟他們平時揉捏一樣，就憑這個動作，照理是不可能會讓老太太如此暢快歡叫的。

老太太一開始叫得厲害，幾分鐘過後，漸漸弱了下來，再過幾分鐘，腿上便沒有什麼感覺了，到最後，只感覺到周宣的手在她腿上按摩著。

看到老太太安靜下來，不吭也不叫了，只任由周宣按著腳，陳家人都又盯著她看，不知道是什麼情形。

老何也有些心急，周宣到底是什麼意思？剛剛把老太太按得那麼大聲喊叫，但絕不是給按得痛苦的叫，因為老太太人很清醒，從頭到尾都沒有要他們把周宣趕走，說他是騙子的話來。

周宣最後鬆開了手，退開了坐回椅子上，抹了抹汗，這才笑笑著對老太太說道：

「老太太，您走走看。」

周宣的話讓眾人又吃了一驚，以前老何給老太太針灸，效果最好的時候，也不能立時就能走路，而是一兩天後，直到風濕的症狀完全停止後，才慢慢恢復行動，正常行走。周宣只是老何的徒弟，徒弟醫術再高，也不可能比師傅高多少。

當然，也不得不承認，青出於藍而勝於藍的人也不少。但老太太真能行走了嗎？就是老太太自己也不相信。

這一陣子，在輪椅上讓周宣按摩得非常舒服，從叫喚到不吭聲，一直都很享受，腦子裏

壓根就沒有想到自己能馬上恢復行動。當周宣讓她走走看的時候，她一時還沒有反應過來。呆了呆後，老太太這才明白周宣的話意，想了想，動了動腳，準備站起來試走一下，旁邊的家人趕緊上前來攙扶她，以免老太太摔倒。

周宣卻是伸手一攔，說道：

「不用不用，讓老太太自己走走看！」

眾人越發覺得周宣古怪，但他既然這麼說了，當即停下腳步，然後看著老太太。

老太太雙手扶著輪椅把手，慢慢站起身，先是試了試腳，覺得很有力，而且腳上再沒有半分麻癢的不適感，腳下很穩，也沒有虛浮的感覺。

在眾人的關切注視中，老太太穩當地站起身走了幾步，讓眾人都訝異地張大了口。之前幾十年之中，無論哪一次的治療，就算療效再怎麼好，最好的一次，也只能稍稍走動，還需要拄著拐杖。而現在，老太太卻是空著一雙手，在客廳裏走了幾步。

試了試完全沒有任何的疼痛感後，她的速度就快了些，在客廳裏一直走動著，步子穩健，身子不偏不倒，臉上也是興奮異常！眾人無論如何都想不到，老太太能在周宣的按摩治療下，這麼快就好了，好得令人不敢相信！

老太太興奮地走動著，甚至捨不得停下來，捨不得這種能自由行走的感覺，害怕風濕再度來襲！

周宣笑吟吟地坐著，然後對呆愣著的陳家人說道：

「這是我二叔教我的按摩點穴術，配合了獨家氣功，現在我已經用氣功把骨髓裏的風濕寒氣驅除乾淨，老太太的風濕病已經不會再復發了！」

陳家人都是又歡喜又難以相信，但事實擺在眼前，如果是騙子的話，那老太太是肯定不會配合騙子的，這是做不來假的！

此刻，老何才是最受震撼的人。周宣既然有這個醫術，又豈是普通的中醫師？而周宣還特意說是他教的按摩點穴術，這是有意把功勞推到他身上啊。

他一開始還認爲周宣不禮貌不懂事，此時卻領受了周宣的一番好意，這簡直是對他的厚重賦予！

第一五八章

世紀黑死病

這病可是世紀黑死病，治不好的。

周宣雖然把老太太的風濕治好了，但風濕跟愛滋病可是兩回事，

不過，有一線希望比沒有希望要好，

畢竟周宣剛剛露出了那手神奇的醫術，讓陳太先升起了一線希望。

老太太在客廳裏不停走動著，而陳老爺呆了一陣後，趕緊站起身，伸手緊緊握著老何的手直搖著，說道：

「何醫生，謝謝你，太感謝你了！」

興奮激動了一陣後，陳老爺又是不解地問道：

「老何，既然你有這個醫術，以前怎麼不給老太太把病完全治斷根呢？」

老何給問得一愣，一時間想不出該如何回答，周宣則是立即答道：

「不是我二叔不給老太太治，這個治療手法也是二叔剛剛才摸索出來不久的，對外還從來沒有試驗過，對老太太這是頭一次施爲，沒想到效果出奇的好！」

老何頓時明白了周宣頭先對他說的話，原來周宣是想幫他，只是自己不相信而已。也確實是，自己剛開始不僅不相信他，而且還心生怨懟，現在則完全改變了想法。看來周宣不僅懂醫術，而且醫術極強，就從這個上面看，他絕對是個絕頂高手。

老風濕這種頑症，中醫其實是治不斷根的，西醫也沒辦法，用極昂貴的新藥也只能將風濕壓制，而無法斷根。但周宣現在露出的這一手，讓老何怎麼都無法理解，並且無法想像。

周宣還沒有用藥，僅僅是用按摩，就把老太太的風濕治好了？老何還是不相信老太太的風濕已經給治好了，他寧願相信是周宣用什麼氣功手法把老太太的風濕先暫時壓制了。極有可能是這種情況，否則是無法解釋的。

其實陳老爺一家人，也同樣無法相信。而陳老爺子一家人此時對周宣也就再無成見了。

大夥兒呆了一陣，老何掩不住心中的好奇，也想弄清楚周宣到底是怎麼治好老太太的，便想再檢查一下。

「老太太，您過來坐下，我再給你檢查一下，看看按摩的效果如何！」老何一邊請老太太坐下來，一邊取了藥箱裏的儀器。

老何說這話是給自己留了面子，周宣早說了，是他的徒弟，師傅再檢查一下也是應該的。

老太太聽老何說要再給她檢查一下，當即坐到椅子上，伸了腿給老何檢查。

老何是個中醫，有他自己的一些方法。他拿了一個小木錘，很小，只有小手指頭大，在老太太的腿骨上挨著一節一節敲動，敲一下再問一下老太太的感覺反應，一直敲到最下面，老太太的腿上也沒有酸痛的感覺，只有自然的彈動反應。

老何這下就真是驚詫了。

老太太的這種反應當真是沒有風濕症的樣子，她的關節骨都到了病入膏肓的地步，尤其是骨頭關節上有極強的反應表現，很清楚地就能顯現出來，但現在老太太的反應，就跟一個完全沒有風濕的人一個樣！

老何也只能檢查到這個樣子了，到底骨頭內部實際狀況怎麼樣，還得到醫院照X光，經

過儀器的仔細檢查才能知道。

老何沉吟了一陣，然後才說道：

「老太太，從我初步的檢查，您的腿是正常的，但到底有沒有完全治癒，還是得到醫院進行詳細的檢查，做斷層掃瞄，照X光，才能確診骨髓裏面的情形，才知道風濕病究竟有沒有完全治好。我手上現在也沒有儀器，只能做表面的檢查，不過，照老太太兩腿的反應和感覺來斷定，現在看來，風濕的症狀已經沒有了。」

老何把話說得模稜兩可的，不過醫生都是這樣，不會把話說死，他這話也是爲自己留退路。畢竟周宣說治好了，他也不敢肯定，要是檢查過後還沒好，那就是他的責任了。

周宣自己當然明白，老太太的腿是完全好了。

陳老爺子一激動，看到長年累月因爲風濕而痛苦的太太忽然治好，也沒有半分痛苦了，心裏感覺真是高興極了，當即對兒子說道：

「太先，給你何叔開張支票，好好謝謝人家！你媽的病，當真是痛了一輩子了，不管又沒有斷根，起碼能讓你媽一點都不痛苦了，這就是人家的大恩啊！」

陳老爺的兒子陳太先趕緊把支票本拿出來，刷刷刷幾筆就開了一張一百萬美金的支票，雙手恭敬地遞給了老何，說道：

「何叔，勞煩你了！」

老何接過這張支票，手都有些顫抖起來。

自己一直是不好不壞地過著日子，既不太差，也不太好，以前給老太太看病，一次給的報酬少則幾百，多則幾千，但從來沒有超過一萬以上的數目，而今天，卻一次就拿了一百萬美金的支票，讓他如何不激動！

這當然還是因爲周宣做得太好，不吃藥不打針，只用兩手按摩便將老太太的病治癒了。老何怎麼都想不通，周宣居然有這麼高深的醫術！這個年輕人毫不浮誇，而且藝高人膽大，這一百萬，其實完全都是他的功勞啊！

但這一百萬的支票還是要接下來的，總算能讓一家人都過上比較好、比較寬鬆的日子了。

老何又在考慮，應該給周宣多少報酬呢？

就算是借了他的名聲，但這病可是周宣治好的，老何心想，怎麼也得給周宣一半的錢，不過，這些話在這兒當然是不能說的。

老陳一家人的感謝其實都是沖著老何帶來的徒弟周宣。不過，徒弟能用的手法，師傅自然也能用了，至於以前爲什麼不給老太太根治，周宣也解釋了，這門手法是新研究出來的，這無疑是個合理的說法。

陳老爺子又趕緊吩咐傭人上茶上水，請老何和周宣坐下來，感激的話說不完。席間又問道：「何醫生，現在研究了些什麼新醫術手法？令徒的醫術當真是精湛，不知道這按摩穴道的氣功手法還能治些什麼病？」

老何笑了笑，端起了茶杯喝茶，眼光卻緊張地瞧向周宣，示意他來回答。

周宣呵呵一笑，大方地說道：

「這是我師傅新探測的方法，以氣功配合按摩穴道，療效不錯，對某些病症尤其有療效，我也試過幾例，治療過尿毒症、癌症、白血病等等，基本上來講，情況都很理想，很不錯！」

陳老爺一家人和老何都是吃了一驚，老何則是借著喝茶掩飾，要是他太驚訝的話，就會引起陳老爺一家人懷疑，但陳老爺一家人根本就沒注意老何，都被周宣這一句話驚到了，眼睛直盯著周宣。

能治癌症、尿毒症、白血病？這些可都是醫學上無法醫治的絕症，這些遠不是風濕病可以比的。風濕病雖然厲害，但一時卻不會致命，而這些絕症，可都是要命的病！

陳老爺子的兒子陳太先一聽周宣這麼說，臉上的神色立時變幻莫測，想了想，然後站起身說道：「爸，您跟何叔先聊一下，我有些事想跟這位小周醫生聊一聊，談談醫術上的事！」

陳老爺子呵呵笑道：「你只懂賺錢，懂什麼醫術啊？呵呵呵，也罷，你有什麼話就跟小周醫生聊去吧，我看小周醫生的醫術是沒話說了，得到老何的真傳了，呵呵！」

老何卻是訕訕一笑，喝了一口茶，不好意思多說。

陳老爺子的話讓老何臉上有光，卻讓他十分不好意思。還好周宣本就是讓他來擔這個功，不會暴露他的底細。

周宣不知道陳太先要說什麼，但八成是醫術上的事，難道他還患有什麼難言的病症？

周宣笑呵呵地跟著他到裏間，一邊又運起異能探測著陳太先的身體。

異能探測下，陳太先的身體基本上沒有什麼病症，當然，男人有些小毛病，那也是正常的，比如腎虧什麼的，想想，有錢人通常私生活比較氾濫，搞不好他是想找自己幫他配點補藥吧。

周宣看到老何的生活情況只能算是一般，並不寬裕，既然交了這麼個忘年交的朋友，不如就幫他一把。自己雖然有錢，但就這麼突然地給老何送錢的話，會讓老何很沒面子。這樣的話，朋友就不是朋友了，兩人的友誼也會變質，那就沒意思了。

老何的園子裏種植了那麼多的藥材，自己只要幫他把靈芝、何首烏以及人參等藥物，以異能催生一次，讓它們變成藥力非凡的千年物品，那才能賣上大價錢。

如果這次替這個陳太先再配上一付大補藥，肯定又能得到上萬的報酬吧，只要自己幫老

何多處理幾件這樣的事，就能讓老何完全擺脫貧困，過上比較舒服的日子了。

這樣的情況下，老何也會覺得是他自己賺來的收入，兩人之間的友情才能長存。

陳太先把周宣請到裏間後，緊緊地關上了房門，然後湊到周宣身前，壓低了聲音說道：

「小周醫生，我想問的是……問的是……」

雖說來到了裏間，但陳太先還是難以開口，很不好意思說出來。

周宣覺得八成是那麼回事了，當即要問他，但陳太先終於說了出來：

「小周醫生，我想問的是，你能治那些絕症，那有沒有可能把愛滋病治好？」

這話當真是有些出乎周宣的意料之外了。

原以為陳太先是要給自己治腎虧，沒想到的是，他居然問的是能不能治愛滋病！

周宣沉吟了一下。

愛滋病的厲害，他是早就聽說過的。不過，周宣從來沒有遇見過這種病的人，也自然就沒有經驗說能不能治；在沒有見到，也沒用異能試探檢查過的情況下，他也不敢輕易答應下來。

想了想，周宣才回答道：

「這個……因為沒有治療過這種病人，所以必須要見過病人，檢查一下才能知道到底能不能治。而且，還要在何師父的指點下。我的醫術，比起我師父來，還是差遠了。」

陳太先遲疑了一下，然後點點頭道：

「好，那我就請小周醫生和何叔一起過去。不過，請你們在我家人面前保密一下，我就說送你們回去，藉故帶你們去看一下那個病人！」

周宣點點頭道：「那好，出去我就不說什麼了，你跟我師父說吧！」

既然談好了，陳太先也就不猶豫，當即帶了周宣回到大廳裏。

周宣回到廳裏後，就對老何說道：

「何叔，我看我們還是先回去吧！」

周宣跟陳太先一回到大廳裏，周宣便說要走，老何便知道，肯定是有什麼事了，當即站起身對陳老爺子說道：

「陳老爺，陳太太，那我們就告辭了，我侄子還有點事，得趕回去！」

陳太先當即接口道：

「爸，我送何叔和小周醫生回去。他們兩個可是貴人，本來應該請他們吃頓飯，好好感謝一下才行的，但現在他們既然急著回去，我看就以後再找個機會請他們吧！」

陳老爺子當然不會反對，連連點頭，左右瞧了瞧，又問道：

「太先，老大老二都在，老三呢？我記得好像有一個星期都沒見到老三了，他在哪兒

呢？這小子，就知道胡混！」

陳老爺子說的老大老二，都是陳太先的兒子，也就是他的親孫子。

陳太先說道：「爸，老三最近被我派到別的地方做事了。這小子不成器，得好好磨練一番，不能讓他過得太舒服，免得不知輕重，好好調教他再說！」

一聽到兒子的回答，陳老爺子也就點點頭。

陳家三個孫子都不是太爭氣，尤其是那個老三，更是離譜，吃喝嫖賭，無所不爲，看來富不過三代，是有點道理的。

陳太先於是趕緊把周宣和老何請上他的車，親自開車送他們到他的另一處房子。

這是陳太先的私產別墅。陳太先急急地把周宣和老何請進屋內，然後請他們二人在客廳裏等候，他自己則到裏面去請病人。

周宣早就運起異能探測進去，這裏甚至連一個醫護人員和傭人都沒有，房間裏，有一個二十歲左右的年輕人，躺在床上直哼哼，臉上身上的症狀已經很難看了，這應該是愛滋病末期的樣子。

難怪陳太先把兒子關到這裏，因爲他已經發作了，又怕家裏人知道，所以瞞住了家人，把小兒子關在這裏。

只是，這病可是世紀黑死病，治不好的。周宣雖然把老太太的風濕治好了，但風濕跟愛滋病可是兩回事，他心裏自然也是沒有半點把握。

不過，有一線希望比沒有希望要好，畢竟周宣剛剛露出了那手神奇的醫術，好歹治看看，所以才讓陳太先升起了一線希望。

當陳太先到裡間與兒子談話時，老何趕緊悄悄問周宣：

「小周，陳總到底是爲了什麼事請我們來？」

在車上，老何一直沒有問起這件事，到了車上，一見開回去的路線不是回他醫館的路，而是往相反的一個方向，他就知道陳太先是另有事情要他們去辦。

不過，老何看到陳太先雙眉緊鎖，也不好問他到底是什麼事，直到現在，陳太先進房後，老何才對周宣問起原因來。

周宣低聲說道：「何老，陳總悄悄跟我說，他有個親戚患上了愛滋病，讓我給看看能不能治。因爲病情特殊，不敢讓他們家裏人知道，所以才會把我們帶到這裡來。」

「愛滋病？」

老何不禁倒吸了一口涼氣！

這個病可不是風濕病啊，這可是個要命的病！這比癌症、白血病、尿毒症這些病更嚴重！

若是早期的癌症，只要發現得早，還是可以治的，只要動手術割掉患部就可以了，而白血病若是經過骨髓移植，也能治癒，雖然都是麻煩的病，但相對來講，只要沒到末期的地步，都還是有辦法治療的。

但是愛滋病的話，周宣也不敢確定治癒的可能性究竟有多大了。因爲愛滋病只要一染上，無論是早還是遲，幾乎就是宣判了死刑，至少在目前來講，世界上還沒有治癒愛滋病的先例。

老何一時間沉思起來。周宣雖然醫術高深，超出他的想像，但真要遇到這樣的病，肯定也是束手無策的，患上了愛滋病，除了等死，基本上還是只有等死了。

周宣立即運起異能探測著那年輕人身體裏的狀態，檢查他血液裏有什麼樣的異樣情況。異能檢查到這年輕男子的血液裏面，有一些細胞分子不同於一般，有些異常，活躍度並不是很高，但很頑固，就像雜草一樣，你割掉頭部，它仍會從地裏長出來！

周宣又試著用異能把他血液和細胞裏的病毒逼出去，雖然很困難，但也不是不行，就跟以前他幫魏老爺子治療癌症時的情況差不多。不過，愛滋病的病毒更難逼出。

周宣試了試，當即心裏有了數，然後對老何輕聲說道：

「何老，這個病我能治，不過，我不想出名，想請何老一人承擔這份功勞，我只是在旁邊協助你治療，動手的人是你！」

老何詫道：「這是什麼意思？我又治不好這個病！你讓我治，我又要怎麼治？」

周宣笑笑道：「何老，你只管用你的方法治療，就當是做戲吧，我自有辦法。不過，不管是現在還是以後，何老，你都只能說是你治好的，完全不能對外界的人說是我治好的。要是何老不能答應這個條件，那我也不能治了，咱們就回去，讓陳總的兒子自生自滅吧！」

說實話，一般人對愛滋病是害怕都來不及，哪還敢給治？不過，既然周宣這樣說了，老何雖是半信半疑的，但都到這兒了，周宣怎麼說他就怎麼辦吧，他也只能聽之任之了。

但老何奇怪的是，周宣也是個學醫的人，但凡學醫的人，又有哪個不想出名？不想成大名的？成了名醫後，隨便治個病，收費就不同了，而且名氣越大，就有越多有錢人來看病，錢財自然是滾滾而來了！

而周宣卻完全不想出名！治了這麼難治、甚至是不能治的病，他卻偏偏要把功勞送到他手上！

沉吟了一陣，老何才說道：

「小周，我就不懂了，你爲什麼不自己做，自己擔功呢？誰都明白，如果你真能治這些病，那你的收入何嘗又只有這一點？」

周宣笑笑搖著頭道：

「何老，我知道你的意思，不過，我不想出名，我也不缺錢，紐約的首富傅家，想必你

肯定是知道的，我也不想瞞何老，我的真實身分，其實是傅家的孫女婿，我的妻子是傅家的千金，岳父就是紐約的富豪傅珏。」

「啊，你是傅家的姑爺啊？」

老何驚得一呆，隨即盯著周宣細看起來。

幾秒鐘後，使勁拍了拍大腿，驚道：

「我想起來了，一年多前，報紙新聞上有發過你跟傅盈小姐的訂婚照片！當時好像說是一個中國人娶了美國華人首富的家族繼承人，當時很轟動啊！傅老爺子把傅家的股份幾乎全部都轉到了這個女婿的名下，這讓多少人都艷羨不已，更是想不通啊！傅老爺子可是一個精明得不能再精明的人了，以他的個性，又怎麼會把股份全部轉到孫女婿名下呢？呵呵，那時我就想到，傅小姐的未婚夫肯定是一個非凡的人。現在見到了本人，當真是想不到，想不到啊！」

老何嘆息了一陣，又恍然大悟起來，難怪周宣不想出名，不想賺錢，錢財對他來說，又算得了什麼？

想了想，老何又低聲說道：

「那……小周，你說說，要怎麼辦？」

周宣淡淡笑道：

「何老，你就用一些簡單的手法替陳總的兒子治療吧，我做你的助手，我會用讓他們瞧不出來的手法替他治療，雖然奇怪，但我這手氣功，的確是能治療他的病！不過，治療後，何老，你可得狠狠敲陳總一筆錢！這人看來好像不是很厚道，雖然說不上是壞人，可賺他的錢也不算過分。再說，我們賺這個錢，也是憑了真本事，何況是救了他兒子的命。所以何老，你一定要獅子大開口，或者讓陳總自己出價。你放心，我能徹底治好他兒子的病，所以，你只管開口。」

老何當即愣了起來。周宣說得這麼有把握，讓他都不能不相信了。雖說愛滋病十分難治，但周宣太厲害了，那風濕那麼難治，周宣還不是把它給治斷根了？雖然還要等醫院的檢查報告才能確定，但從現場觀察，周宣的確是把老太太的病治好了！

周宣探測到，陳太先出房來了，在房間裏只是叮囑了他兒子幾句。他兒子是一心要尋死，生在如此富裕的家庭，卻患上了這個病，那還不是要了他的命？再多的錢，也沒辦法救回他的命啊！

陳太先憂心忡忡地走出來，然後對老何說道：

「何老，小周醫生，你們稍等一下，我家老三還在穿衣，等他出來後，你們再診斷一下！」

其實說是這樣說，陳太先也沒有信心，畢竟治療愛滋病的難度，他又不是不知道，這個病幾乎算是世界第一難症。當今是沒有任何的醫藥或者手術能治好的，他之所以突然有了一線希望，完全是在家裏見周宣治好了老太太的風濕，才刹那間有感而發的。

周宣的醫術讓他想到，原來老何是一個世外高人啊，這周宣既是他的徒弟，那老何就不用說了，肯定是比周宣還要高明的。

老何想了想，就依著周宣的意思說道：

「陳總，如果你們家老三的病我能治好，你是什麼想法？」

陳太先一怔，臉上肌肉都有些跳動起來，不過還是不大相信，於是努力鎮定了一下，然後說道：「還是等一下吧，老三出來後，讓何叔看看症狀再說吧！」

陳太先的這個老三，老何是認識的。陳三少，陳飛揚，一個真正的花花公子，英俊瀟灑，身邊隨時就是一大群美女，出門就是超跑豪車，十分的有氣勢。

但現在再見到，卻是一副死氣沉沉的樣子，眉眼低垂，無精打采，臉上手上都出現了愛滋病病症發作的形狀。自患了這個絕症，所有的狐朋狗友都和他斷絕了聯繫，這個時候才知道了後悔！真是早知如此，又何必當初呢！

周宣已經測得問題所在了，當即對老何遞了個肯定的眼神。

看著陳飛揚的樣子，老何也不客氣，不過陳飛揚的形狀有點恐怖，他也不敢直接用手接觸，只是從藥箱子裏取了兩副手套出來，一副遞給周宣，一副自己戴上，然後對周宣說道：

「你等一下當我的下手，聽我的吩咐行事！」

周宣點點頭，一邊戴手套一邊回答著：

「好的，二叔，你放心，我跟你又不是只學了一天半天的，每個月十多次的網上傳授，那也不是白學的啊！」

周宣故意說了一下「網上傳授」這個詞，陳太先要是懷疑，那也好糊弄。不過，陳太先根本就沒往那上面想。

老何戴好了手套，然後招招手，讓陳飛揚把手腕擺到面前。陳飛揚嘆著氣，垂著臉伸出了手，由得老何檢查。

老何把手搭在脈門上試探著，過了一陣，這才收了手，然後對陳太先說道：

「陳總，這個病，我可以準確地告訴你，我的確能治好，不過……」

老何這幾句話，當即有如驚雷劈耳一般，把陳太先和陳飛揚父子都打得坐不穩了！陳飛揚甚至是站起身來抓著老何的手急問，但老何卻是退開了兩步，不敢讓陳飛揚抓到。

陳太先也是傻呆呆地急問道：

「何叔，你說什麼？你說治好？是真的嗎？要怎麼樣治？要什麼條件？你只管說，只管說……」

陳飛揚瞪大了眼睛，直喘粗氣，急問道：

「何醫生，你真能治好我的病？你可知道，我這是愛滋病，愛滋病啊，真能治好嗎？」

他說話的聲音都有些顫抖了。

不過，也不由得他不驚、不喜，原以為自己的生命快燃到盡頭、只能等死了，忽然間卻聽到一個聲音說他的病能治好；何況明知道這是一個不能醫治的絕症，但聽到這樣的話，哪怕是騙子，他都會怦然心跳，會升起一線希望！

老何也是喘著氣，然後回答道：

「是真的，真的能治好。我知道你這是愛滋病，不過……」

老何一聲肯定，讓陳太先父子再也忍不住一起道：

「你快說，要什麼條件，只管說……」

只要能治，條件當然好談。

老何想了想，陳太先是個億萬富翁，他的兒子同樣是含著金湯匙長大的，生下來就是富貴命，他的命，不管怎麼說，即使三兄弟分了家產，也還是超級富翁的嫡系繼承人，同樣是個億萬富豪，在紐約，陳家雖不如傅家那麼輝煌顯赫，但也不是普通的家庭。

老太太的風濕雖極厲害，但不會致命，治好了便得到一百萬美金的巨額報酬。而陳老三的這條命，顯然比老太太還要值錢。

老何努力鎮定下來，對著陳太先父子倆瞪大的雙眼，冷靜回答道：

「是這樣的，這個病……你們也知道很難……基本上是治不好的絕症，即使我能治……也是要損耗極大的物力、人力和精力的，這個……」

老何的話，讓陳太先父子明白了，老何這是要報酬。

醫生看病要酬勞自然是應該的，不過，老何之前替老太太治病時，可從來沒說過這樣的話，過去，他給老太太治病，只管看病，從來沒提過需要多少醫金報酬，全看陳家人的意思，不論多少，老何從來也不會討價還價。

當然，陳家給的診療費也從不比外面醫院的費用低，反而更高，但也不會高得離譜，卻比老何在醫院上班的收入要強。

但現在老何卻主動開口提出條件。

陳太先猶豫了一下，陳飛揚卻是馬上脫口而出：

「何叔，我給你一千萬，只要你能治好我的病，錢沒問題！」

陳飛揚的這一千萬，當然是指美金了。老何心裏不禁「咚」地一跳！這可是一千萬啊，是給老太太的診金的十倍！

老何心裏顫動著，一時心癢難騷，又有些激動，一時間說不出話來。

對陳飛揚開的這個數字，他是完全願意的。他給人看病看了五十年，從來沒有得到超過

一萬美金的報酬，今天算是破天荒的遇到了。

老何顫抖著就要一口應承下來，這麼一大筆錢，完全超過了他的預想。但周宣卻搶在他前面說道：

「呵呵，陳公子，我想說一下，我跟我二叔治你這個病，可不是簡單的事。我想，你也明白，你的病根本就是絕症，現在有什麼醫院能治你的病嗎？沒有！但我二叔的治療方法很奇特，也很耗費體力，如果他答應給你治病的話，就一定要減損自己的體力，否則就治不好。陳公子，你的命只值一千萬嗎？呵呵，我二叔的命也不止一千萬呢。要我說，即使一億，他也不會賣自己的命的！」

第一五九章

死馬當活馬醫

因為之前周宣在家裏給老太太治好了風濕，所以他才抱著一線希望，
期待周宣和老何能替他兒子治治看，就算死馬當活馬醫了。
如果真能治好的話，那就是救了他兒子一條命啊。

周宣一句話就把陳飛揚的話堵了回去，別說一千萬，就是一億，也沒有人願意治！治這個病，可是要損耗自己的身體的，周宣就是這個意思。

陳飛揚呆了呆，陳太先也是呆了呆，不要說捨不捨得，但凡要拿出一億的現金來，總還是肉痛的！而且，依周宣的口氣，似乎出一億他都還不願意治呢，還得要更高價才行。

愣了好一陣子，陳飛揚不禁顫聲開口了，那聲音幾乎都帶了哭腔，他的命如果能夠救回來，就是讓他叫老何親老子、親爺爺他都幹，錢就算再多，命要是都沒了，他又能拿什麼來使用，拿什麼來花？

「何醫生，您就說吧，到底要多少錢……」陳太先倒是沉吟起來，看來想要老何輕易答應治病，怕是不容易了。

老何也沉吟起來，然後雙眼瞄了瞄周宣。

周宣嘿嘿一笑，然後伸了兩根手指頭，淡淡地道：

「兩億美金！」

老何當即心裏狂跳，但怕陳飛揚父子看出來，馬上低下頭去遮掩表情。

陳太先臉上肌肉跳動不已，皺起了眉頭。兩億的現金，那可是要他的命了。他所有的家產也只不過是十二三億，治一次病就要兩億，確實讓他很爲難，他雖然很想救兒子的命，但又捨不得付出這麼大的代價。

猶豫了一下，陳太先才說道：

「何叔……是不是有點……有點太高了？再……再減減……再減減……」

老何咬著牙，其實是激動的表情，但他的表情讓陳家父子看起來卻像是生氣！

周宣又說道：「陳總，這不是買菜，這是救你兒子的命，我不想跟你們說其中的難度，總之，會對我二叔的身體有極大的影響，要不，還是算了吧！」轉頭又對老何說道：「二叔，我們回去吧！」

對陳總這家人，周宣的感覺並不好，從他們的處事行爲就知道，雖不說是奸商，但也不是善類，沒什麼值得好說的，如果真要說起來，就只有一句話，他們是把錢當成命的。

這樣的人家，想也想得到，陳太先如果的確是嗜錢如命的話，他也可以放棄自己的兒子。現在的選擇其實很簡單，如果他捨得花兩億的話，那就會救；如果他捨不得的話，那他就會叫老何直接走人。

看到周宣拉著老何就要走，陳太先尙在猶豫著，他的兒子陳飛揚可是急得不得了，著急地道：

「何醫生，有話……有話好說，可以商量……可以商量……」

說實話，以陳太先的聰明，並不難理解周宣的意思。只是，周宣的話也難以令人相信。因爲愛滋病是世界上最難治的絕症，至今都沒有能有效治療的方法，周宣和老何兩個人不過

是背了個藥箱，就這樣的兩個人，能治得了愛滋病絕症？

所以，這兩個人有百分之九十九就是騙子。他甚至想直接喊出來：「兩千萬，幹就幹，不幹便拉倒！」

不過，因為之前周宣在家裏給老太太治好了風濕，所以他才抱著一線希望，期待周宣和老何能替他兒子治治看，就算死馬當活馬醫了。如果真能治好的話，那就是救了他兒子一條命啊。

陳太先雖很猶豫，但那是想跟周宣和老何再討價還價，兒子，他當然還是想救的，畢竟是自己的親生骨肉啊，再不爭氣，也是他的兒子。

陳太先是這種想法，而陳飛揚純粹是怕死，病是在他身上，明知道是不能治的絕症，怕死的心情讓他聽到任何一點希望都想抓住，而且周宣說了肯定能治好，只是要錢而已。如果這是錢能搞定的，那表示是很有希望的了。在這種時候，只要能看見一根救命稻草，他也會緊抓不放的。

但陳飛揚也知道，如果周宣提出的是千萬的報酬，陳太先雖然心疼，還是會給他治病，只是周宣竟然提出了兩億美金的高價，換成人民幣的話，可就是十二億多啊，這個數目也實在太驚人了。

看到周宣拉著老何走到了門邊，陳太先趕緊說道：「老何，小周，有話慢慢說，有話慢慢說嘛，別急著走，我們再談談！」

周宣回頭說道：「陳總，我也說實話吧，治這個病需要兩億的現金，一毛都不能少，我們沒法讓步，你願意就做，你要是不願意，那就算了。這個不是買菜，這是給你兒子救命。而且，也不是打個針、吃個藥那麼簡單，我二叔的身體會損傷得很厲害，可以說是拿自己的命在換你兒子的命啊。」

陳太先遲疑起來，這一下可以肯定，周宣是絕不會讓步了，這兩億的價錢，一分都不會少，他該怎麼辦？是救兒子還是保住自己的荷包？

周宣見他攔了自己，但還是一副猶豫不決的樣子，當即說道：

「陳總，我再這樣說吧，你見過現在有人能治愛滋病嗎？你見到哪個醫療機構可以做這個病的手術了？」

陳太先怔了怔，想想也確實是，不管醫學科技如何進步，但都沒有任何一家醫療機構能夠治療愛滋病，這個是事實，所以對周宣和老何又是懷疑又是期盼。

不過，他對周宣硬是開價的態度又十分惱火，看樣子一點鬆動都沒有，兩億啊，由不得他不心痛。

周宣毫不回頭，似乎根本沒有商量的餘地。陳太先終於咬了咬牙，狠狠地說道：

「治，馬上治，你能保證給我治好嗎？」

不等老何回答，周宣便先回答道：

「我不是剛剛跟你說過了嗎？如果不相信，你就在現場看，我們給陳公子治完病，你們再讓醫生來進行專業的檢查。一檢查就知道了，看看我們有沒有騙你。」

陳太先也是有些訕訕的樣子，的確是，如果不相信，讓醫生來檢查不就行了嗎？

周宣當即對老何說道：「二叔，你現在就替陳公子醫治吧。」說著，給老何示了示意，讓他按照以前的樣子照做就是。

老何心裏仍有些惴惴不安，本來是擔心怕治不了出問題，但周宣等於是把他推向了前線，爲了兩億，他也不得不爲了。不過，周宣也告訴他了，一切由他擺樣子照做，周宣會在一旁幫忙，這就可以做假了，看周宣怎麼給他治吧。

老何低下了頭，不讓陳太先和陳飛揚看到他臉上的表情，裝作在用心給陳飛揚治病一樣，然後說道：

「陳公子，請把手伸出來。」

陳飛揚把胳膊上的衣袖捲起來，露出已經長了皮膚斑的爛胳膊。老何看了，心裏不由得有些顧忌，要是不小心患上了愛滋病，那可是把自己也搭上了。

雖說愛滋病不會以親吻、蚊蟲叮咬等行爲傳染，但陳飛揚的手都爛成那個樣子了，沒有誰不會害怕的，雖然觸摸手不會沾上那個病，但心理上實在是接受不了。

老何趕緊把箱子打開，取出了兩副手套，給周宣一雙，兩個人各自戴上，然後讓陳飛揚把手放到桌子上，自己再用手指按在他胳膊上探著脈息，這個方法跟之前周宣給老太太治療的時候，動作基本上是一樣的。

陳太先看周宣剛剛也是這個樣子給老太太治病的，而老太太竟奇蹟般地被治好了，這讓他不由得升起一線希望。

探了一陣子脈息，老何便對周宣道：

「周宣，來，幫我一下！他這個病實在太嚴重了，需要我們兩個人同時進行穴道刺激，然後看看效果再說。」

老何雖然硬著頭皮治病，但仍不敢把話說死，如果萬一治不好陳飛揚的病，也好給自己留條後路，所以把話先說在前面。

周宣應了一聲，然後上前把戴了手套的手按在陳飛揚的手腕上，一邊好像是在尋穴道的樣子，讓老何做主要動作。便即運了異能，把陳飛揚皮膚裏的愛滋病毒強行逼了出去，然後把病毒逼到一個點上，如同以前給老爺子治療癌症一樣。

當時他就是把病毒逼到了一個點上，然後再把病菌轉化成黃金分子，最後把這個黃金血液逼出來，治療的過程基本上是這樣的。

這個過程雖然不那麼簡單，好在周宣的異能已經遠超以前，現在再治療這個病，已不是難事，只是看他的心情想不想治而已了，如果對這個人感覺不好，給他再多的錢，他也不想幫忙。

陳太先和陳飛揚父子都是瞪大了眼睛，一眨也不眨地盯著周宣和老何，生怕哪裡給漏掉了，其主要目的還是監視周宣和老何，畢竟他們認爲這事還是騙人的成分居多。

陳太先一邊盯著周宣，一邊說道：

「何醫生，周先生，還需要什麼別的嗎？」

老何不敢說話，生怕一個不好便露出了破綻。周宣卻沒有閒工夫扯這些，注意力全部集中在陳飛揚身上。

要把陳飛揚體內的愛滋病毒都逼到一個點上，的確是要花極大的力氣的，這種病毒在陳飛揚身體裏是無處不在，要想全部聚集起來，實在很困難。比起老爺子的癌症還要難治。但難是難，並不是不能治，只是要花的心血和異能更大些。

幾乎花了四五十分鐘，周宣才將陳飛揚全身的愛滋病細菌全部逼到他的右手指上。

眼看陳飛揚的右手指腫大了不少，顏色也變得金黃起來，這個變化很明顯，肉眼都看得到。而陳飛揚自己也有感覺，渾身頓時痠痛無力，手上的皮膚潰爛處也漸漸變得鮮紅起來，原本是黑色的腐爛模樣，後來變成好像是被抓破了的皮膚一般，顏色呈現鮮紅色。

周宣做到了這一步，當即裝作急道：

「二叔，你把他身上的毒素都逼到了他右手指上，是不是我現在就拿刀來開個小口啊？」

周宣這是在給老何遞口信，讓老何找臺階下。

老何心中明白，聽到周宣的暗示，當即知道下面要做什麼了。便趕緊說道：

「好，我有些累了，你拿刀來做這個手術吧。你先開個口，我再做後續動作。」

老何學的是中醫，並不會給別人開刀動手術，出診的話，更不可能帶有手術刀，周宣便對陳太先說道：「陳老闆，我要刀，小刀！」

陳太先連忙慌張地到處找刀，搞了半天，才找到一把水果刀。

水果刀刀刃有些鈍，不過周宣還是接了過去，然後說道：

「稍稍忍耐一下，不會太痛的。」

說完，周宣把刀拿在手中，抓住陳飛揚的手指用刀割了下去，在手指尖上割開了一道小口。

當然，這把刀是不可能那麼輕易就把手指割開的。周宣是運用了異能把手指尖的皮膚處轉化吞噬成一道口子的樣子，陳飛揚甚至連感覺都沒有，手指上已經被開了一道口子。

此刻，陳飛揚的手指尖上滴落著一滴滴的金黃色的血液，那血液滴在地板上，地板上就冒出了煙霧。

陳太先見到這血液這麼厲害，當即退開了兩步。地上的血液呈金黃色，豔麗得很，就好像黃金液一般。

隨著血液逐漸的滴落，直到變成鮮紅色後，陳飛揚的手指也慢慢消了下去，那粗脹的手指也變回原樣了。

周宣額頭冒出了冷汗。老何因為心急，額上臉上的汗水更多，這讓陳太先、陳飛揚父子覺得老何出的力肯定是要更大的，感激的心思也放在了老何身上。

周宣只不過是個幫忙的下手，不在他們的注意力中，而且周宣本就不想露臉，自然不會在意，於是把手一鬆，退開了兩步。老何見到周宣退開了，他這個假扮的人自然也就撤回來，把手一縮。

周宣暗暗對老何點頭示了一下意，表情很輕鬆，表示已經治好了。

老何還是有些半信半疑的，不過看陳飛揚的手指裏面流出來的，竟然都是黃金一般的血液，心裏倒是有些信了。

周宣退到一旁，然後慢慢運氣恢復了一下，之後才又運了異能再探測著陳飛揚的身體。

此刻，陳飛揚的身體已經很乾淨了，愛滋病的病毒都被周宣逼了出來，一分都不剩。一旦愛滋病毒被完全逼出來後，陳飛揚的命也就真的給救回來了。

周宣看到老何還有些遲疑，想說又不敢說的，就自己說了：

「陳總，你檢查一下吧，可以讓醫生們過來確定一下，看看陳少爺的身體到底好了沒有。」

這個時候，陳飛揚自己還不清楚自己的樣子，因爲他只能看到他自己手上的皮膚，面前又沒有鏡子，看不到自己的臉。

但他老子陳太先就不同了，他可是看得一清二楚，陳飛揚臉上原來的皮膚好像換了一層新皮一般，如同新生嬰兒一般紅嫩。那之前的壞死皮膚竟然自動脫落了。陳太先和陳飛揚父子都驚呆了。

老何也是欣喜不已，所有的懷疑都消失了。陳飛揚身上的皮膚變化，以及剛剛出現的這些奇異現象，讓人不能不信，周宣肯定是使用上了他的獨門功夫，否則，潰爛成那樣的皮膚，怎麼可能這麼快就變好起來，而且變得那麼乾淨呢？

陳太先愣了愣，趕緊打電話叫了一個醫生，算是他的專屬護理人員，也是醫院裏的主治醫師，讓他立刻帶了驗血的儀器設備儘快過來。

差不多十多分鐘，陳太先叫的醫生就來了，是個外國人，還帶了兩個人高馬大的手下。此時的陳飛揚表情神色都好多了，根本就看不出來剛剛他還是個身患絕症的人。

那醫生對陳飛揚吩咐著，讓他把手伸出來。

那個醫生並不知道陳飛揚患上了絕症，以爲只是什麼普通的病症，讓他來驗血、檢查一下身體的，所以恭敬地請陳飛揚伸出手，用針筒抽了一管血，然後拿到驗血儀器下慢慢觀察起來。

驗血報告還需等一陣子才能出來，過了二十分鐘，才轉頭對陳太先說道：

「陳總，你兒子剛才的抽血檢驗結果表明，他的身體各部位狀態良好，沒有什麼問題。還有什麼需要再檢查的嗎？」

聽醫生這麼一說，陳太先和陳飛揚幾乎高興地快要跳起來了！

短短的一兩個小時之內，就把陳飛揚害得死去活來的愛滋病毒解決了，這實在是讓陳家父子激動不已。

陳飛揚甚至眼淚都流出來了，一邊擦淚一邊對老何說道：

「何醫生，周先生，我真是太感激你們了，這究竟是怎麼治的?你們能透露一下嗎?」

不過想也知道，這種事一般人都是不會透露的，只會保守秘密。何況還有請來的西醫在場，所以陳飛揚和他老子都沒多說什麼，只要老何他們把病治好了就好。

陳飛揚撿回一條命之後，終於徹底覺悟，以後再也不敢去花天酒地了，這對他來說，是個極重的教訓。本以爲花天酒地是享受，現在才曉得，這種享受是要拿命換的，這種拿命換來的經驗和教訓，他這一生可不想再體驗一次了。

等到老外西醫和他的手下一走，陳太先便對老何拱手說道：「何叔，真是太謝謝你了。」說著，他便開了一張支票，遞給老何後又說道：

「何叔，很不好意思，現在我的現金一下子拿不出那麼多來，我先給你開了一億的現金，還差了一半，另一半，請給我三四天時間湊一下好不好？公司一下子忽然抽調這麼多現金，有些困難。」

陳太先這樣說，周宣自然沒有異議，他也不怕他不給，如果到時候他反悔賴賬，只要自己弄個小花樣，玩個花招，陳太先便會老實服從了。

老何自然亦沒有反對的意思，這一億，早已經遠超出了他的想像。本來他是不相信的，但沒想到，周宣竟真的把陳飛揚的愛滋病治好了，而且還沒費什麼力的樣子。

周宣淡淡道：「二叔，陳先生眼下手頭拮据，但肯定不會欠我們的錢。等他過幾天湊到了錢，再把剩下的錢給我們也沒關係的，行了，我們趕緊走吧，家裏還有事呢。」

老何這時對周宣幾乎是言聽計從，當即點點頭，連連道：「好好好，我也想著要趕緊回去了，馬上就真，馬上就走。」

陳飛揚父子還想要到醫院再鑑定一下，也想私下裏再商量一下事情，比如現在陳飛揚病

癒回家，怎麼對外界說之類的，所以，也想早點送老何他們離開。

周宣和老何出了這棟別墅，在外頭搭了計程車。兩個人很快回到了老何的診所中。一進門，老何就把周宣拉到裏面，把門鎖上，緊張地對周宣說道：

「小周，當真是你治的嗎？」

周宣笑笑，一攤手道：「難道何老以為老太太和陳飛揚的病是自己好的嗎？呵呵呵！」

老何也只是順口一問，對這件事他已經確信無疑了，只不過還想再確證一下。一億一百萬，這兩張支票拿到手裏，讓老何無比的興奮和不知所措，他從來沒想到，自己也能賺到這麼多錢。

想了想，老何又對周宣說道：

「小周，這些錢，我看……你一半我一半吧。」

老何知道周宣是傅家的女婿，自然不會缺錢的，但總不能因為這樣，就一個人把這些錢獨吞了吧？

周宣嘿嘿一笑，搖搖頭道：

「算了，我不缺錢，也不是為了錢才治病的，我只是見到何老診所的生意並不好，所以想要幫幫你。這些錢，何老就留著自己用好了，我的本意是如此。」

周宣根本就不要這個錢，這讓老何更加驚異了。如果現在手裏只有一百萬的話，周宣不要就不要吧，也沒什麼大不了，但畢竟還有一張是一億的，而且還有一億的欠賬，這麼大一筆錢，就算是有錢人，也不會這麼爽快的拒絕吧？

周宣又笑笑道：「何老，如果您真要感謝我的話，就把我之前看中的靈芝、人參、何首烏這幾件植物選幾株送給我吧！」

這還用說？老何趕緊到後院把人參、何首烏、靈芝等株苗細心地挖出來，連著泥土放到了盒子中，處理好了才交給周宣，然後又說道：

「小周，這個錢，你還是拿一點吧，我們一人一半，我會安心些……」

周宣擺擺手，捧了箱子說道：

「真的不用了，何老，我跟你十分投緣，今天也是專門來幫你的，所以你根本不用客氣。不過，今天給陳飛揚治病，還真的很耗精力，我要先回去休息了，明天再來跟你聊。」

老何見周宣真的不要，也不像是裝的，心裏十分感激周宣，第一次見面交往，便送了他這麼大一份禮物，也不知道該如何感謝他。

別說一億了，光是那一張一百萬的支票，老何就能完全擺脫生活的困境了。既然周宣執意不要的話，他就收下了了。畢竟他還是需要這筆錢的。

只不過一億實在是太多了，無論他怎麼缺錢，也用不了那麼多啊。

周宣捧了盒子出來，自行搭車回到傅家。

回去後，立刻就到後院把這幾株人參、何首烏和靈芝都種到牆角邊，然後再運用異能灌注在其中，看看明天會變化成什麼樣，不知道會不會跟之前那些何首烏的情形一樣？

要是真能那樣的話，那周宣就能肯定，他的異能對植物生長有極大的幫助，而且是幫助它們以超級的速度生長。

家人都在客廳裏閒聊，傅天來見到周宣回來後，馬上把他拉到一邊低聲說道：

「周宣，倉庫那邊我已經準備好了，貨是分成幾批弄的，你弄好後我再回去。我安排得很小心，絕對不會有人發現。」

周宣沒料到傅天來這麼快就弄好了，不過，把普通物質轉化成黃金的事，對周宣來講，倒是很簡單的事。

「嗯，好，爺爺，我們現在就去吧！做這個不費勁，很快就可以弄好的，到時候您讓公司的經理再去操作就好了。」

傅天來大喜，趕緊叫保鏢備車，他則帶了周宣往倉庫的方向趕去。

傅天來做得十分謹慎，把倉庫安排在郊區偏僻的位置，跟周宣過來時，還特地注意了有沒有人在後面跟蹤。

周宣也運用異能探測著，並沒有人跟蹤，也沒有可疑的人和事。

到了郊區的倉庫後，傅天來命令守倉庫的保鏢把大門打開。此刻，倉庫裏面是堆積如山的紙箱子，周宣探測到，箱子裏面全是長方形木條，跟金條一樣形狀。

周宣便立刻運起了異能進行轉化。

這個倉庫起碼超過上千平方，長長的走道上，儘是些紙箱子，裝箱的工人都是普通工人，裝箱的時候，他們都知道裏面裝的只是些木條木塊，並不值錢，所以注意力就少了。

周宣慢慢沿著長貨箱走過去，因爲地方太大，這樣遠的距離已經超過了他的能力範圍，所以需要一邊走一邊轉化。

沿著倉庫走了一圈，周宣便把所有箱子裏面的木條都轉化成黃金了，然後對傅天來點點頭說道：「爺爺，好了，您……」

說著，看了看左右的人。傅天來明白，這是周宣顧忌旁邊的人，當即叫他們全部都退了出去。

等到這些人都退出去後，周宣才又說道：

「爺爺，你先抽一箱出來看看，看有沒有成功？」

傅天來點點頭。

這件事確實馬虎不得，要是不先檢查一下，萬一沒有轉化成功，到時候讓基金經理們操作的時候，說不定就要惹出禍來。

傅天來當即到貨箱裏拉了一箱出來，箱子實在太重了，幾乎拖不動，費了半天力才拉出來。趕緊打開箱子一看，果然是金燦燦的一片亮眼！

傅天來不由得取了幾塊黃金放到手上，很沉，又在上面咬了一口，拿到面前再看的時候，金條上面留下了一個牙印圈子！

這是真的金子！

雖然看不到金子裏面，但傅天來經驗十足，從金條的重量上就能感覺到，這金子是沒有問題的。

周宣自己也用異能探測了一下，確實沒錯，這一倉庫的木塊都給他用異能轉化成了金塊。

傅天來心裏大喜。要是真如周宣所說，這倉庫裡的木條都已經成功轉化爲黃金，那傅家以後就可以毫無愧色的自稱天下第一富豪了，還有誰能比得過他們？再會賺錢的人，也沒有周宣這種點石成金的本事大吧，誰還能與傅家相提並論呢。

這個數量，比傅天來原來計劃的還略有增加，實際上還不止一萬噸，至少有一萬二千多噸。手握這麼龐大的黃金量，那傅氏家族的危機還算得了什麼？只要請來一群職業經理人，想怎麼運作就怎麼運作吧，哪還有什麼解決不了的問題呢。

傅天來又抽了好幾箱來檢查，都沒有問題，重量、純度，都跟純金是一樣的，而且這些黃金的純度好得沒話說，沒有半點瑕疵。

純度當然是沒有問題的。周宣的異能本來就是來自於太空中的黃金星球，這是一個黃金的國度，黃金自然比地球上的純度要高得多。

傅天來都陶醉了，看來當年的選擇沒有錯，選定周宣作爲他的孫女婿，是他這輩子做得最正確的事。果然，周宣就是那個能替傅家解決經濟困境的人。

第一六〇章

千年珍品

把箱子一打開，老何一下子呆住了！
一條人形的人參，一個成形的何首烏，以及一枚品相極好的靈芝。
這三樣東西都是過千年的珍品，是價值連城的無價之寶，
這樣寶貴的東西，周宣怎麼像送包菸一樣地就送給他了？

檢查了個大概之後，傅天來便跟周宣一起出去，然後吩咐保安，分成三班制：「每一班都多派幾個人站崗，每一班至少要六個人以上，工資都是雙倍，守個幾天就夠了。這些木塊我是要做出口的。你們不知道，這些木塊在中國能值到幾十塊錢一片，但在紐約或者是西歐，是不值錢的。」

那些看守的保安們只知道這批貨是出口用的木條，之前傅天來已經故意給他們打開箱子看了，他們知道裏面裝的確實是木條，這樣再把箱子鎖上後，他們就不會起什麼疑心和歹意了。

人心難測，哪怕你給得再多的賞金，也難保不會有人見財心起，只有讓他們知道這裏面裝的是沒什麼價值的東西，那就不怕了。

安排好了倉庫裏那些被轉化成黃金的木塊，又安排好了看守的人，把倉庫大門鎖起來後，傅天來又叮囑了一遍，然後承諾發給每人一萬塊的獎金。

保安們歡喜不盡。他們平時的工資就只有一兩千，今天看守這些沒有價值的木塊木條，居然就能得到這麼豐厚的獎金，能抵得上他們幹五個月賺到的工資了。

把這件天大的事做好之後，傅天來的心事也放下了一大半。

在回去的路上，傅天來低聲道：

「周宣，我們傅家的股票正跌得凶呢，看這個形勢，我們還得再等兩天。就讓股市跌得更猛一些吧，到時候，我們只需要花更少的錢，就能把傅家的股份全部收購掉，起碼能節省四分之三的成本呢。所謂涅槃而生，便是如此。

等到傅家股票即將跌停牌時，我們再出手，還會賺得更大。我們完全不用擔心，因爲我們手上有超過萬噸的黃金，可以隨時拯救傅家的市值，運作起來就絕對沒有任何問題了。一旦我們全部收購掉傅氏的股票後，就可以放出我們傅氏黃金儲備的利多消息。在大跌的時候，公眾最期待的就是利多消息，我們就順勢而爲，一邊釋放利多，讓股市觸底反彈，一邊伴隨利多消息帶來的一路狂漲賣出股票，那便會猛賺一筆了。」

當然，傅天來也不需要把事情做得太極端，他只想把傅家的股票收漲，從而帶動整個股市的升勢。作爲紐約股市的風向球，傅氏家族的漲跌，有時甚至可以決定整個股市的走勢。

周宣看著傅天來有條不紊地處理著這些事，當真不愧是傅家的掌門人，換了他，肯定想不到那麼周全，想不到那麼長遠。

回去後，傅天來又把周宣叫到房間裏單獨問他：

「周宣，公司的職務，你真的不想擔任嗎？」

「爺爺！」周宣毫不猶豫地搖了搖頭，然後回答道：「我真的是做不了那些事，我不是那樣的人才，剛剛在倉庫那邊我還在想，爺爺做事真有魄力，我根本就不能比，還是輕鬆地過日子罷！」

傅天來笑了笑，說道：

「我就知道你會這麼說，也罷，不幹就不幹吧。唉，其實連我都想過你那樣的日子了，無拘無束的。可是現在你看看，我被你弄成了現在的樣子，連見個熟人朋友還得染髮化妝，以前老是想變年輕一點，但這次，一年輕起來就年輕成這個樣子，還得把自己化妝成老頭的模樣才行，所以啊，我也在想，整天這麼辛苦幹嘛呢？幾時把事情完全放下就好了！」

周宣嘿嘿笑了笑，也沒說話，這時候再說什麼都不好，反正自己也不想幹什麼，乾脆就什麼也不說了。

睡了一晚，第二天起床後，周宣第一件事，便是到後院裏看自己昨天種下的那幾株草藥。

扒開前邊的蘭花後，周宣一看禁不住喜悅起來，那何首烏長得跟之前的何首烏差不了多少，而人參的樹葉呈半圓形，中間一枝獨秀，開了一朵紅花，靈芝則是生長在石牆邊上，呈紫銅色，聞著就是一種令他興奮的味道。

昨天種下的是老何才一年的新生人參，只有一條極細的獨鬚，而今天，這些人參都長得有頭有手有腳的，極似人形，一夜之間，不知道給異能催長了幾百年還是幾千年。

周宣想了想，挖開了泥土，將人參、何首烏、靈芝各取了兩枚，把其中一枚包了放在盒中，把剩下的三枚洗淨了，配合其他珍貴藥材再入煲，讓王嫂幫著看好火候。

孫姑爺又在煲湯了，這讓王嫂高興得很。

這個孫姑爺當真是厲害，幾碗煲湯一喝，讓她們都變得又年輕又漂亮了，皮膚也光滑得多，幾乎跟三十多歲的時候一樣，她是四十多歲快五十歲的人了，現在看起來像年輕了十歲，由不得王嫂不高興。

前幾天周宣沒有煲湯，王嫂還真有些不習慣，不知道今天是什麼原因，周宣又開始煲湯了，王嫂當即興奮地幫忙。

這一煲湯煲了四個小時，等到煲好後，周宣聞到煲裏的味道就興奮不已。那濃烈的藥味讓周宣想著，這藥力肯定是更超過上次那幾顆何首烏了。

湯汁仍然不多，還是用杯子盛了，這次只準備了一家人和王嫂喝的，沒有準備那些保鏢的份，一共是七杯，汁濃如墨。

周宣對王嫂笑笑道：「王嫂，你先嘗嘗，是不是很苦？如果太苦的話，就放些糖在裏面。」

王嫂早就在等周宣這句話了，一聽，立即笑呵呵地端起杯子，先吹了吹熱氣，然後試著嘗了嘗，溫度還略有點燙，又吹了好幾口，等到喝到嘴裏不太燙的時候，這才慢慢品嘗起來。

這次到嘴裏的湯汁並不是很苦，反倒有一絲甜意，甜味中夾著苦味，不過吞到肚裏後，舌尖上殘留的味道又變成極爲舒爽的感覺了。

周宣自己也端了一杯喝了，湯一下肚，周宣就覺得異能歡天喜地地吮吸起來，把藥力瘋狂地吸收了，而自己也感覺得到，丹丸真氣繼續淨化了。

「不苦，比上次的還好喝一點。」王嫂喝完了，舔舔嘴唇說著，心中又在想著，明天該又是什麼樣了呢？

周宣也在想著這個問題，隨手把湯送到客廳裏。

看到周宣又端了湯過來，傅天來和傅玉海兩個老人高興得不得了。

雖然這段時間因爲喝了周宣的大補湯而變年輕了，搞得連出門都不敢，但看到周宣的大補湯後，還是很興奮，畢竟這是能讓人年輕的靈藥，別的人那是拿錢都買不到的，而他們卻可以天天可以白喝。

傅盈也很喜歡，前段時間因爲生了小思思後，多了些妊娠斑，雖然慢慢淡了，不過沒有消失，直到前幾天喝了周宣的大補湯後，竟完全不見了，皮膚也更好了，身體的感覺也好得不得了。

以前她的身手很好，又經常鍛煉，但現在，身手遠沒有以前好，生了孩子後，又沒什麼時間運動，不過這幾天喝了幾次大補湯，身手居然比以前還要強了些，隨便動了動手，招式居然還能做得順暢無比，而且覺得還更強了。這都是因爲周宣的大補湯的功效。

周宣弄的這些東西具有奇特的效用，傅盈其實是一點都不覺得奇怪的，因爲周宣的異能可以做得出任何讓她想不到的事情。

一家人都笑呵呵地把湯喝了，周蒼松和金秀梅夫妻也都很好奇，兩個人都年輕得跟三十歲樣的人一般，看起來又哪像周宣的父母？簡直像大哥大嫂。

金秀梅把杯子裏的湯喝了，然後奇怪地問著周宣：

「兒子，真是奇怪，你煲的究竟是什麼湯啊？你看看，你爺爺祖祖變得像五六十歲，我跟你爸像三十歲，你說說，這都像什麼事了！」

傅盈也笑吟吟地道：「是啊，媽，你看起來不像我婆婆，反而像我姐姐了……」說著又指著爺爺祖祖笑道：「還有啊，爺爺，你像我爸，祖祖像爺爺了……」

「亂了亂了……都亂了套了……」傅天來忍不住又笑又惱地罵著傅盈，一家人嘻嘻哈哈笑鬧著。

周宣覺得十分溫馨，吃了中飯後，便提起那一盒子靈藥到老何那兒去了。

老何今天也沒有心思坐診，讓何三替他看著店，自己把支票兌了，轉存到自己的銀行帳

號上。

看著存摺上那一長串的數字，一億啊，如何不心喜？而且陳太先之後還會再付給他一億。兩億的診金，搞得他這兩天覺也睡不好，飯也吃不下，不知道該如何是好。

周宣提著木盒子一到，何三便趕緊進去通報。見老何黑著眼圈坐在沙發上發呆，便說道：「二叔，昨天那個姓周的年輕人來找你！」

「找什麼找，誰也不見，別來煩我！」老何破天荒地發了火，衝著何三便惱了起來。

何三趕緊往門外跑，邊跑邊想著，出去得狠狠罵一頓那個姓周的年輕人。

不過，老何罵完何三之後，忽然間身子一震，朝著何三大叫道：

「等等，何三，等一下，站住！」

何三嚇了一跳，趕緊站住盯著老何，見老何臉脹得通紅，站起身來急匆匆的樣子，把何三嚇得心裏直跳，也不知道是自己做錯了什麼事，看老何這樣子可真嚇人。

老何幾步衝到何三面前，急問道：

「何三，你剛剛說什麼？是姓周的年輕人來見我？」

何三點點頭，然後小心地說道：「是啊，是昨天那個姓周的年輕人又來找二叔，二叔要是不見，我就出去回絕他！」

老何一下子又笑了起來，罵道：「回什麼回，我自己出去接他！」說著，幾個大步就往外衝出去。

何三在後面被搞得莫名其妙的，嘀嘀咕咕在後面跟著，不知道老何為什麼忽然轉變了態度。他從昨天回來後就是這樣。昨天一回來，啥也不幹，關了門躲在房間裏，彷彿撿了什麼寶貝似的。

老何快步跑到診所外，見周宣提著個箱子笑吟吟站在門邊，趕緊上前拉著他就往屋裏走，直接拉到了裏間。

在裡間，老何把周宣拉到沙發上坐下來，然後向外面叫道：

「老伴，給我泡了房裏珍藏的鐵觀音！」

老何的老伴姓周，叫周春梅，聽到老何大聲叫嚷著讓她泡茶，泡茶倒是不奇怪，但聽到老何叫她泡鐵觀音，不禁吃了一驚。這鐵觀音是老何花了一千多塊在老家買的，帶出來後一直捨不得喝，也不知道是來了什麼客人，竟然捨得拿出這個東西來。

泡了茶後端進來，見是個年紀輕輕的亞洲男人，跟自己一樣是黃皮膚，看來應該也是中國人。

老何介紹道：「老伴，這位先生跟你一樣也姓周，叫周宣，還是你們本家人，算是我老何命中的貴人，呵呵呵，趕緊叫兒媳婦出去多買些好菜，我要招待小周好好吃一頓！」

老何說著，從衣袋裏掏了一大疊鈔票來，看也不看便塞給老伴，說道：「買點好菜，多

貴的都行，別心疼錢，不夠我再給你！」

周春梅嚇了一跳，還以爲老伴發燒了，這疊鈔票至少有兩千美金，一下給這麼多錢買菜，還說不夠再給，那不是發燒了是什麼？

老何昨天得了那一億零一百萬的支票過後，因爲心情太興奮了，一夜沒睡著，直到兌了現金存入到自己帳戶中後，才感覺到這錢是真實的了。而這一切，連自己都彷彿是在幻夢中，所以也不敢告訴老伴和兒子兒媳等家人，怕他們受不了。

周春梅還在發著愣，老何又喝道：

「怎麼，聽不懂我說的話啊？來，這張卡拿去，儘管刷，想買什麼就買什麼，別捨不得用錢！」

老何說著，便把銀行卡掏出來遞給了老伴。

周春梅這才確定老伴是有問題了，伸手摸著老何的額頭，擔心地道：

「老何，你是不是生病了？」

老何又氣又笑，說道：「我一直希望我們能發財，日子能好過一些，這一下真的有錢了，她還不相信了。哦，對了，我忘了，這事我還沒告訴她們呢！」

周宣笑笑道：「何老，我在家裏吃過了，不用買我的份，準備你們自己吃的就好了！」

「那哪行？不吃東西也要喝點酒，我老何從來沒有這麼高興過！這可都是小周帶來的啊，你就是我們何家的貴人，恩人！」

老何說著，又扭頭對周春梅說道：

「老伴，我告訴你，我們可是發大財了，我昨天出診，這位小周……」

周宣趕緊打斷了老何的話，說道：

「周姨，是這樣的，昨天我陪何叔一起出診，因爲何叔把人家的病治好了，結果人家給了何叔一大筆診金，不過那是應該的！」

老何一聽周宣這麼說，頓時明白，周宣是不想讓別人知道真相，當即笑著點頭道：

「是是是，昨天是我治好了病人，小周只是陪我去而已，人家給了我一大筆報酬，就是這樣！」

老何想了想，老伴要出去買菜，還是先不要告訴她實情，免得她太激動了，到外邊出什麼事，人一恍惚便很容易出事。

周春梅笑了笑說道：「不過是出診賺了一筆錢而已嘛，用得著這麼激動嗎？好好好，我去買菜，你們聊！」

等到周春梅一走，周宣才笑笑著對老何說道：

「何叔，這件事你可千萬別告訴別人，無論是什麼人問你，你都只能說是因你的醫術好，是你自己治好的！否則的話，何叔，我們的交情就完了！」

老何一怔，馬上點點頭，狠狠地說道：

「好，你放心，你怎麼說就怎麼辦，不過我昨天想了想，小周，不如我們就以這個爲號召去看病吧。你不願出頭的話，就由我出頭，反正我本來就是個行醫的，我們一起出去治病，專敲富豪，窮人則完全免費，劫富濟貧，又有大把錢賺，你說好不好？」

周宣一怔，沒想到老何會有這種想法，不過，老何的「專敲富豪，窮人免費」這個想法，聽起來還蠻順耳的，很符合他一向做事的原則，想想自己反正也沒別的事，也省得傅天來三天兩頭催他去公司上班，不如就跟著老何一起出診，又能幫助那些窮人，這個方法好。

老何又說道：「小周，我們先商量好，我們出診可以特別針對那些富人，而且狠狠開價，富人們爲了活命，自會乖乖把錢掏出來，只要能治好病，價錢再貴，那些富豪都會出錢的。」

老何又說道：「還有，收到的診費分成兩份，你占七成，另外三成，則是支付給我的費用以及診所的人事費用及一切開銷！」

他之所以這麼分，是因爲他明白，所有高價看診的收費都有一個前提，那就是得治好人家的絕症，而這個本事，只有周宣才有。

要想拿人家的錢，又想讓他們乖乖掏錢，這可不是那麼容易的。你必須有特殊的獨門絕活，否則，誰會相信你呢？

不過，只要能治好他們的病，那情況就完全不同了。一旦他們的生命掌握在你手上，即使你想要他們的全部財產，他們也得給，誰到臨死的時候還會把錢看得那麼重呢？

但如果周宣不願意出手醫治，那就沒辦法了，老何三七分賬，還覺得給自己的太多了，因爲如果看診費金額大的話，即使三成也是不得了。

想想看，像昨天陳太先兒子那樣的事，治一個就是兩億啊！要是按照周宣的方法來治的話，算起來，一天治個四五個不在話下，那收入就是十億了！而且還不用採購什麼高昂的藥品，純粹靠周宣的能力就能治好了。

若把十億的診費三七分賬，那他起碼也能拿到三億，就算是一千萬吧，那也有三百萬了，這可是他想都不敢想的數字，等於是白賺的。

老何又說道：「還有，小周的想法我清楚，你不想讓別人知道你有治病的特殊能力，這個你放心，我一定會替你保守這個秘密的。我不會告訴任何人，包括我家裏人，除非我死！」

周宣想了想說道：「何叔，你提議的這件事，我可以考慮一下，不過，我確實是不想成爲外人關注的焦點。還有，我昨天拿了何叔的，今天給何叔還個人情。呵呵呵，何叔，你打開看看！」說著，把箱子提到老何面前。

老何把箱子放到桌上，箱子不大也不重，心裏奇怪，不知道周宣會送什麼東西給他，不

過應該不是錢，昨天診金就夠多了。

把箱子一打開，老何一下子呆住了！一條人形的人參，一個成形的何首烏，以及一枚品相極好的靈芝。

這三樣東西，以老何的見識和眼光來看，都是過千年的珍品，是價值連城的無價之寶，而且是真正無處可尋的東西，這樣寶貴的東西，周宣怎麼像送包菸一樣地就送給他了？

難道是周宣搞錯了？還是不懂東西的價值？但看看周宣的樣子，又不太像。

怔了片刻，老何還是依依不捨地把箱子推到周宣面前，然後說道：

「小周，我想你弄錯了，大概你不知道這些個東西的珍貴性，這是用錢都買不到的東西，這三樣我都不能接受，太貴重了。再說，昨天你治病得到的一億多，你一分不要，全都給我了，就憑這個，我一家人一輩子已吃喝不完了，我怎麼能還那麼貪心？」

周宣笑笑又推了回去，說道：

「何叔，既然你當我是朋友，那我就實話跟你說吧，這些東西，我家裏還有好幾份，多的是，用不了這麼多，我又不打算拿去賣錢，所以你就放心地收下吧！」

老何當真是有些發傻了，怎麼想也有些想不通，看來周宣不僅僅醫術遠勝過他，而且爲人處世比他更豪爽，這樣的東西都能拿來送人，而且還是好幾件。

呆了一會兒，老何才又把人參和靈芝拿出來細細檢查，又挑了一丁點鬚根到嘴裏咀嚼，試了試藥味。

試了之後，老何馬上就知道，這些東西是百分之百的真貨，而且是超過千年的極品，藥性極強，哪怕只是吃了那一丁點的生鬚，老何就知道這是千百年都難得一見的珍品。

老何想了想，還是收下了，不過又說道：

「小周，你一定要給我，我就收下了，不過，這東西是無價的，我也不會用，先放在這兒，你有需要的時候，我再送還給你！」

周宣笑笑，不再多說，喝了一口老何老伴泡的鐵觀音，味道很不錯，不過，周春梅顯然不是專業人手，不怎麼會泡，而且茶具也不是專門用來泡茶的，泡出來的茶味就差了些。

老何想了想，又說道：

「小周，昨天我收了那麼大一筆錢，一家人的生計早已經不是問題了，以後可以去做我想做的事了，這一切都還得感謝你！」

停了停又說道：「小周，我想問一下，你除了風濕、愛滋病，還能治什麼病？」

其實不說別的，就只愛滋病這一項，就夠他們發大財的了，不過，如果還能治別的絕症，那就有更多的案子可接了。

周宣嘿嘿一笑，回答道：

「治病嘛，我也不知道我還能治些什麼病。以前我治過的病，我想想看啊，有尿毒症、癌症末期、身體內有幾十年前被打中的數十枚彈片的、中槍後臨死的傷者，只要患者沒有死，還有一口氣，基本上我都是能治的。」

老何呆了呆，確實是太驚奇了，如果不是昨天曾經親眼看到周宣把絕症患者治好，他真是不敢相信周宣的話。

不過，從這一點看，周宣一定是有什麼特殊的能力，這大概也就是他爲什麼不想讓別人知道的原因吧。

老何想了想，然後正色道：

「既然是這樣，不如我們就成立一個正式的公司，我擔任名譽董事，而你只擔任一個無關緊要的職務，主要職責就是負責跟我一起出診治病。這樣就能避免讓你被任何人知道。另外，我們再請專業的經理人，並且對接受治病的對象進行詳細調查，還是我之前說的話，採限量預約高價制，由你決定每日看診的人數！」

因爲真正能治絕症的人也只有周宣，以他一個人的力量，一天之內也不可能看太多病人，所以病人人數限制也是一定要的。

周宣笑道：「呵呵，看不出來，何叔還是個管理的能手啊？好，就依何叔說的辦。不過，我想以傅家的名義出資，我不參與公司內部的管理，先期資金就定一億吧？傅家投資七千萬，何叔三千萬，公司的管理權則歸何叔。不過，我還有一個條件，就是我不能保證每天都會出診，我還有別的事要處理，病患的話，一天就以兩三個爲限，儘量少一些吧！」

老何當即拍板說道：

「行，我今天就停止營業。明天就讓我兒子去找辦公大樓，咱們有一億的資金，可以找一處合適的地方。我們只需要把房子裝修好，也不用任何醫療器械。我看你治病是什麼都不用的，估計別的病症也是一樣的治療手法吧？」

周宣點點頭。

周宣跟老何談得正高興，忽然間，衣袋裏的手機響了，拿出來一看，是家裏打來的，當即接聽了。

電話裏傳來傅盈急急的聲音：

「周宣，趕緊回來吧，家裏出事了，一家人都在流鼻血，除了小思思和小思周，我、爺爺祖祖、爸媽，還有王嫂，全部都在嘩嘩地流鼻血！」

周宣嚇了一跳，趕緊說道：「好好好，我馬上回來，別擔心，我馬上就到！」說完趕緊對老何說道：「何叔，我家裏人好像生病了，我得馬上回去！」

老何一聽，站起身說道：「那我跟你一起去看看！」

周宣一想，自己這個醫生是假醫生，是靠異能治病的，自己對病症並不懂，他治的只是

那些絕症。而老何才是真醫生，他要跟他回去也好。

「好，那就麻煩何叔跟我走一趟！」周宣點著頭說著。

老何笑道：「小周，你跟我還說這樣的話，那就是見外了。再說，你自己醫術如神，我只是跟你去看看，幫幫忙而已。趕緊走吧！」

說著，提了他的藥箱子便出了門。

在門外，兩人攔了一輛計程車趕往傅宅。

請續看《淘寶黃金手II》卷十一 一字千金

【附錄】

兩岸主要古玩市場・市集地址

台灣古玩市場・市集地址

台北市建國假日玉市：北市仁愛路、濟南路及建國南路高架橋下

台北市光華假日玉市：新生北路與八德路口

台北市三普古董商場：台北市新生南路一段十四號

台北市大都會珠寶古董商場：台北市中山區松江路二九一號B1

新竹市東門市場：新竹市東區中正路一〇六號

台中市立文化中心周遭：英才路、美村路、林森路、公益路、金山路和民生路等地段

台中市第五期重劃區：大隆路、精明一街、精明二街、東興路和大業路等地段

彰化：彰鹿路

高雄市：廣州街、廈門街、七賢三街、中正路、大豐路等

大陸古玩市場．市集地址

北京古玩城：北京市朝陽區東三環南路廿一號

北京潘家園舊貨市場：北京市朝陽區華威里十八號

上海國際收藏品市場：上海市江西中路四五七號

天津古物市場：天津市南開區東馬路水閣大街三十號

天津古玩城：天津市南開區古文化街

重慶市綜合類收藏品市場：重慶市渝中區較場口八一號

廣東省深圳市古玩城：廣東省深圳市樂園路十三號

廣東省深圳華之萃古玩世界：廣東省深圳市紅嶺路荔景大廈

江蘇省南京夫子廟市場：江蘇省南京市夫子廟東市

江蘇省南京金陵收藏品市場：江蘇省南京市清涼山公園

浙江省杭州市民間收藏品交易市場：浙江省杭州市湖墅南路

浙江省紹興市古玩市場：浙江省紹興市紹興府河街四一號

福建省白鷺洲古玩城：福建省廈門市湖濱中路

福建省泉州市塗門街古玩市場：福建省泉州市狀元街、文化街及鐘樓附近

河南省洛陽市西工古玩市場：河南省洛陽市洛陽中州路

河南省洛陽市潞澤文物古玩市場：河南省洛陽市九都東路一三三號

湖北省武昌市古玩城：湖北省武昌市東湖中南路

四川省成都市文物古玩市場：四川省成都市青華路三六號

遼寧省大連市古玩城：遼寧省大連市港灣街一號

遼寧省瀋陽市古玩城：遼寧省瀋陽市瀋陽故宮附近

黑龍江省哈爾濱市馬家街古玩市場：黑龍江省哈爾濱市南崗區馬家街西頭

吉林省長春市吉發古玩城：吉林省長春市清明街七四號

山東省青島市古玩市場：山東省青島市昌樂路

河北省石家莊市古玩城：河北省石家莊市西大街一號

山西省平遙古物市場：山西省平遙縣明清街

山西省太原南宮收藏品市場：山西省太原市迎澤路

陝西省西安市古玩城：陝西省西安市朱雀大街中段二號

安徽省合肥市城隍廟古玩城：安徽省合肥市城隍廟

甘肅省蘭州古玩城：甘肅省蘭州市白塔山公園

雲南省昆明市古玩城：雲南省昆明市桃園街一一九號

江西省南昌市滕王閣古玩市場：江西省南昌市滕王閣

貴州省貴陽市花鳥古玩市場：貴州省貴陽市陽明路

湖南省長沙市博物館古玩一條街：湖南省長沙市清水塘路

淘寶黃金手II 卷十 至寶奇能

作者：羅曉
出版者：風雲時代出版股份有限公司
出版所：風雲時代出版股份有限公司
地址：105台北市民生東路五段178號7樓之3
風雲書網：http://www.eastbooks.com.tw
官方部落格：http://eastbooks.pixnet.net/blog
Facebook：http://www.facebook.com/h7560949
信箱：h7560949@ms15.hinet.net
郵撥帳號：12043291
服務專線：(02)27560949
傳真專線：(02)27653799
執行主編：朱墨菲
美術編輯：許惠芳

法律顧問：永然法律事務所 李永然律師
　　　　　北辰著作權事務所 蕭雄淋律師

版權授權：蔡雷平
初版日期：2013年12月
初版二刷：2013年12月20日
ISBN：978-986-5803-40-7

總 經 銷：成信文化事業股份有限公司
地　　址：新北市新店區中正路四維巷二弄2號4樓
電　　話：(02)2219-2080

行政院新聞局局版台業字第3595號 營利事業統一編號22759935

定價：280元　特價：199元

國家圖書館出版品預行編目資料

淘寶黃金手II／羅曉著. -- 初版-- 臺北市：風雲時代，
2013.07 -- 冊；公分

ISBN 978-986-5803-40-7（第10冊；平裝）

857.7　　　　102010303